純白の恋愛革命

青野ちなつ

Illustration
香坂あきほ

B-PRINCE文庫

CONTENTS

純白の恋愛革命　7
純白の日常　211
あとがき　251

純白の恋愛革命

「――じゃあ、一緒に食事はムリ…ですね」

立ち止まった潤《じゅん》の前髪をかき上げるように風が吹き抜けていく。

海が近いせいか、湿気《しっけ》を含んだ風は街中で感じるものよりわずかばかりだが涼しく感じた。

ずっと歩き続けていたせいで汗がにじんでいた額《ひたい》がひんやり冷えて気持ちいい。

『あー、うまくいかかね。急ぐためにタクシーに乗ったのに、高速が事故で渋滞《じゅうたい》だなんて。潤とイチャイチャするために飛行機だって一便早めたのに、何にもならねぇだろ』

長旅で疲れているのか、電話越しに聞こえてくる恋人のぼやき声はわずかに擦《かす》れていた。それが、大人の男の甘さとなって耳に響いてきて、潤の胸を小さく揺らす。

電話の声も昨日より近い気がする……。

泰生《たいせい》が日本に帰ってきたことがまざまざと実感できて嬉しいけれど、聞かされた内容にはそれでも潤はがっかりした。

泰生の仕事はモデルだ。しかも世界的に活躍するカリスマモデルだから、海外で仕事をするのは当たり前で、ヨーロッパでファッションショーが続いた時期はずいぶん長く日本を留守にしていたことだってある。

だからその時を思えば、場所も今回は上海《シャンハイ》と近く日数もたった三日だから、我慢だって出来るはずだった。が、実際はなかなかつらいものがあった。

泰生と一緒に暮らし始めて、初めての留守番だったせいかもしれない。

「やっぱり空港に出迎えに行けばよかったです。そうしたら――」

今頃タクシーの中で泰生と一緒にいられたのに。

会える時間がさらに延びるなんて思ったせいか、言っても仕方ないことだが、つい潤の口からそんなセリフが飛び出していた。

間もなく確実に泰生と会えるというのに、そのほんの数時間が潤には切《せつ》なかった。少しでも早く泰生に会いたくて。

疼《うず》く胸の痛みのせいでついこぼれてしまった呟《つぶや》きに、しかし、泰生が意表を突かれたように黙ってしまったので慌《あわ》てた。

「ご、ごめんなさいっ」

ようやく、潤は自分が何を言ったか気付いたからだ。

急いで帰ってきた泰生こそが一番がっかりして、疲れも増しているというのに、自分は何を言っているんだと情けなくなる。

こんなのはわがままだ。

自分が言うべきことじゃない。

しかも、自分が誰かにわがままを言うなんて思いもしなかったから、やけに動揺《どうよう》も大きくなった。暑さのせいだけではない汗が、背中に噴《ふ》き出してくるようだ。

「あの、わかりました。おれは平気ですから、気を付けて帰ってきて下さい」

『こぉら、そこで訂正すんな』

焦《あせ》る潤だったが、受話口からは笑い交じりの声が聞こえてくる。

『おまえの口からそんなことが聞けるようになったんだな……』

しみじみと、まるで子供の成長を慈《いつく》しむような口調で話されると、潤は少し複雑な気持ちになった。

『かーわいいわがままだよな。初めて聞いたぜ、んな胸が痛くなるようなヤツ。そんなに、おれに会いたかったか?』

泰生の声がさらに甘さを増し、鼓膜《こまく》を通して体にしみてくる。

「――――うん」

何かいいわけをしようか、それとももう一度謝《あやま》ろうか。いろいろと考えたのに、泰生に聞かれて、潤は素直に頷《うなず》いてしまうしかなかった。

『んなこと、上海から電話してたときは一度も言わなかったくせに』

くつくつと、泰生がひどく柔らかく笑う。

「だって……」

いつだって泰生に触れていたい……。

そんなことは潤にとって当たり前すぎる願いだ。

泰生と恋人関係になってまだ二ヶ月ちょっと。まだまだ盛り上がっている時期だし、何より潤にとっては生まれて初めて好きになった人だ。そんな泰生と少しでも一緒にいたいのは山々だけれど。

だからといって、泰生を困らせたくもない……。

口ごもった潤の耳に、ふーっと、泰生が息を吐く音が聞こえてくる。まるで、わき上がる愛《いと》しさをしみじみと噛《か》みしめているような響きで。

『わーってるって。人のことを気遣《きづか》いすぎて、自分の望みは最後に回してしまうんだよな、おまえは』

でもな、と泰生の声が内緒話《ないしょばなし》をするように小さくなる。

『おまえからのわがままは、すげぇ嬉しいんだぜ？」

だから出来るだけ聞きたい、なんて泰生からわがまま返しをされてしまった。

嬉しくて、面映《おもは》ゆくて、潤は幾何学《きかがく》模様の石畳《いしだたみ》を訳《わけ》もなく何度も蹴《け》りつけてしまう。

『んで？』

促《うなが》されて、潤はほんの少し躊躇《ちゅうちょ》したが、唇《くちびる》を湿《しめ》らせてから口を開く。

「泰生に早く会いたいです。ずっと会いたかった。早く会って顔が見たい。泰生に触れたい」

言って、やっぱり恥ずかしくなる。自分の声があまりに感情がこもりすぎていたせいだ。

泰生と共に暮らしているせいで、家に帰ると泰生の顔を見られるという幸せにいつの間にか慣れてしまっていたのかもしれない。だから、たった三日泰生に触れていないだけで泣きたくなるほど大きな感情が胸の中に生まれるのだろう。

『あー、今すぐ抱きてぇ』

泰生の声もひどく切ないものだった。

『少しでも時間取れないか。ムリだよな、一度叔父貴《おじき》に捕まったら絶対離してくれない。会場に行く前におまえに会ったりしたら、もう一歩も部屋から出たくなくなるだろうし。あー……』

頭を抱《かか》えるような様子の泰生に、潤は慌てる。

「大丈夫です。あの、あともう少しだから待ちます。ううん、待ちたいです。だって、長く待ったらそれだけ泰生に会えたとき嬉しいと思うから」

『っ……、おまえ、それって殺し文句だぜ。タクシーの中で身悶《みもだ》えさせんなよ』

やけに困ったような声が聞こえてきた。

『ったく、相変わらず天然というか、純粋というか。しかも、最近その威力が増してる感じがあるから、たまんねぇんだよな』

ひとしきり悪態をついてから、ようやく泰生が話し出した。

『んじゃ、悪ぃがもう少し待て。なるべく早く切り上げておまえんとこに帰るから――』

泰生の説明に耳を傾《かたむ》けてから、潤はようやく通話を終わらせた。

名残《なごり》惜しげに携帯電話を見ていたけれど、炎天下《えんてんか》の中に立ち続けていたからか、さすがに頭がクラクラする。日陰に逃げ込むように歩き出した潤は、携帯電話と入れ替えにハンカチを取り出した。

「毎年、いつまで暑いんだっけ……」

中天《ちゅうてん》にあるときよりずいぶん太ってきた太陽だが、まだまだ日差しは強い。季節はもうすぐ九月に入ろうというのに、残暑《ざんしょ》というよりこれから夏に向かう暑さにさえ思えた。

日に焼けても黒くはならずに火傷《やけど》したようになってしまう体質のせいで、汗を拭《ふ》く腕は生白《なまじろ》いままだ。腕の細さも相まって、やけに弱々しい印象が強い。そんな何もかもが、潤にはコンプレックスだった。

複雑な思いで、潤は自らの体を見下ろす。

北欧《ほくおう》系の母を持つ潤は、背こそ低いものの、ハーフ特有の顔立ちをしている。

サングラスで隠されている瞳は薄い金茶《きんちゃ》色で、本来は栗《くり》色の柔らかい髪は、外国人の母を嫌う祖父母《そふぼ》の言いつけによって今は黒く染《そ》めていた。最近少しずつ色を落とし始めているが、それでもまだわざとらしいくらい真っ黒の髪は、皮肉だが、潤の顔立ちゆえに逆に目を引く要素となってしまっている。

違和《いわ》感を覚えてだろう飛んでくる視線の多さに辟易《へきえき》して、潤は足を速めた。

潤を異分子《いぶんし》たらしめる日本人らしくない容姿だが、実は昔ほど嫌いではない。光の加減《かげん》でグリーンに色変わりする金茶の瞳も、日本人が作った西洋人形のような面差《おもざ》しもすべて潤の個性で、おれは好きだぜと泰生が言ってくれたからだ。

だからといって、向けられる好奇の眼差《まなざ》しが気にならなくなるかというと、それはまた別の話だ。潤が他人の視線を気にしてしまうのは、もはや習いのようなものなのかもしれない。

「この、ビル……？」

足早に潤が向かったのは外資系ラグジュアリーホテルが入った高層ビルだ。

本来ならば近寄りたくもない華やかな場所だが、泰生と待ち合わせているのがそのホテルの一室だから仕方ない。

「チェックイン出来るかな、おれに」

上海から帰ってきた泰生だが、あいにく今夜はこのホテルの会場で彼の両親が親せきを集めて恒例《こうれい》のパーティーを開くらしい。それに出席しなければいけない泰生から、どうせならホテルの部屋で会おうと言われたのは、泰生が上海からかけてきた電話でのこと。

『何だよ、おれに一刻も早く会いたいとか思わねぇの？　パーティーの前に一緒に軽くメシでも食おうぜ。んで、もっと時間が余れば、な？』

昨夜の、電話越しの泰生の声が最後に甘くにじんだのを思い出して、潤は頬《ほお》を熱くした。

けれど、残念なことにその食事の約束がダメになった。

さっきの電話はそれを知らせるもので、一便早めた飛行機が予想外に遅れ、さらには道路が渋滞して時間の余裕がなくなったらしい。

残念ではあるけれど、仕方がない。

そう諦《あきら》めた潤だけれど、

『先にチェックインして、部屋でくつろいでろ。まさか帰るなんて言わないだろ？』

まさにそのままUターンしてマンションで帰りを待とうと思っていたから、先ほど泰生から探るように言われたときは、つい引きつってしまった。

パーティーが終わるのはそれほど遅くないらしい。が、そのパーティーが終わったあとも仲のよい親せきたちと集まって夜中すぎまで飲み明かしたりするのが常だと泰生から事前に聞いていた。だから同じホテル内にいても、泰生と会えるのはきっとずいぶん遅い時間になるだろう。先に寝ておけとも言われたから、もしかしたら明日の朝になるかもしれない。

切ないなぁ……。

いっそのこと、ホテルのロビーで泰生がパーティー会場へ行く前に捕まえてしまおうか。

そんなばかなことを考えたりして、潤は小さく息をつく。

今のおれって相当『泰生』が欠乏《けつぼう》してるんだろうな……。

ビルのエントランスをくぐると、涼しい空気が潤を迎えてくれる。何はともあれ、先にチェックインしようと、しゃれた空間へと踏み出した。

実は、どこかに宿泊するなど修学旅行以来の潤は、自分ひとりでホテルにチェックイン出来るか、本当はずいぶん心配だった。ホテルには泰生が連絡を入れておくと言ってくれたが、見るからに学生の潤を、こんなきらびやかなホテルの人間がまともに相手をしてくれるのかと卑《ひ》屈《くつ》なことを思ったりする。そんなふうに卑下《ひげ》するのは泰生がもっとも嫌うことなのだけれど。

「レセプションは上の階にあるって言ってたけど」

それを知っても、潤としてはどこから上階に行くのかさえ難《むずか》しかった。

途中の階にはレストランなども入っているらしく勝手がわからなかったので、ちょうど見つけた一階のベルデスクで聞くことにした。

「――潤か？」

が、ベルデスクへ行き着く途中で、横合いから声をかけられてぎょっと飛び上がる。その声が、まさかと思う人物のものだったからだ。

「父さん……？」

銀《ぎん》のフレームメガネをかけたひょろりと痩《や》せた中背《ちゅうぜい》の男は、潤の父——橋本正《はしもとただし》だった。仕事中なのだろう。部下らしい男を数人引き連れている。

潤を産んだ母が外国へ帰ってしまってから、父は実家の屋敷には滅多《めった》に帰ってこない。だから今年は正月に会ったきりの父と、まさかこんな場所で偶然会うなんて思いもしなかった潤は、瞬時《しゅんじ》に顔をこわばらせてしまった。

「何をしているんだ、こんなところで」

神経質そうにメガネに触れながら、ひどく厳《きび》しい表情で父が見下ろしてくる。その凍《こご》えるような冷たい視線は潤の体をしぜん竦《すく》ませ、気持ちまでも萎縮《いしゅく》させてしまう。

「聞いているのだから、ちゃんと答えなさい」

「ご…ごめんなさい。あの、人と、待ち合わせ——」

喉《のど》が狭《せば》まったように声が小さくなった。

しかし、潤に答えさせるくせに、父はそんな潤の言葉を半分も聞かないうちにまた威圧《いあつ》的にしゃべりだす。

「おまえは受験生だろう、こんなところでウロウロしているときではないはずだぞ。しかも、何だ、ひとり暮らしがしたいと言っているらしいが、この大事なときにおまえはいったい何を考えているんだ？　今は勉強以外のことを考える余裕など少しもないはずだぞ。ひとり暮らしなんてもってのほかだろう」

まさか父と直接そのことについて話すとは思ってもいなかった潤は大いに動揺《どうよう》する。

「でも、おれは勘当《かんどう》されてて。それに、お祖母《ばあ》さまはきっとおれのこと……」

学生の身分であるのに、潤が恋人の泰生と同じマンションで暮らしているのは、先日潤が勘当を受けたからだ。

潤が生まれた橋本家は華族《かぞく》の流れを汲《く》む由緒《ゆいしょ》正しい家で、都心から少し離れてはいるがビルや土地を幾《いく》つも所有する大家《たいけ》だった。古いしきたりに縛《しば》られた屋敷で、偏屈《へんくつ》で昔気質《かたぎ》の祖母が君臨《くんりん》するなか、外国人の血を引く潤はひどく虐《しいた》げられて育ってきた。栗色の髪は見苦しいからと黒く染めさせられ、ハーフ特有の顔は醜《みにく》いとして上げることとさえ禁じられるような毎日だ。

無意識に心を麻痺《まひ》させて潤は今まで過ごしてきたけれど、自分の足でしっかりと立ち、自らの力のみで輝き続ける泰生と出会って、そうじゃいけないと思うようになったのは自然の流れだった。

そんな諸々の事情を経て、祖父母の反対を押し切って目立つイベントに出演したり、またそれに際して色々と誤解が生じたりしたせいで、先日潤は勘当を言い渡されたのだ。異母姉ではあるが何かと面倒を見てくれる玲香《れいか》の助言もあり今はひとり暮らしの準備を進めているのだが、その準備期間の間だけ泰生のマンションでお世話になっている。

だから、今の状態で潤が屋敷に帰っても祖父母は敷地内にも入れてくれないだろう。

それを潤は言いたかったが、父は呆《あき》れたようにため息をついた。

「おまえは自分が勘当されたことを反省もしていないのか。謝《あやま》りもせずにさっさと逃げ出しておいて、勘当されたからひとり暮らしをしようだなんて虫がよすぎるだろう。しかも、自分は何もせず一切の手続きを玲香にやらせているそうじゃないか。おまえが何をしでかして母さんたちを怒らせたのかは知らないが、きちんと反省して謝罪《しゃざい》の姿勢を見せなさい」

「――はい」

潤の顔をまともに見ようともしない。

潤の話をひとつも聞こうとしない。

いつも通りの父とのやり取りに、潤は小さく返事をしてうなだれる。そんな潤に、父はようやく満足したのか、それとももう関わりたくなかったのか、さっさと足の向きを変えた。

「こんな事で私を煩《わずら》わせたりするんじゃない。いい加減に分別《ふんべつ》をつけなさい」

そう言い置くと、足早に去っていった。残された潤はしばらく身じろぎも出来なかった。

数ヶ月ぶりに顔を合わせたというのに、父はそんなことさえ気付かなかったのかもしれない。

父にとっては、父の日常においては、潤の不在など何の問題にもならないのだろう。

潤が何をもって勘当を受けたのか知ろうとしないように、父は決して潤を顧《かえり》みない。まるで他人であるかのように潤には一切の関心がないのだ。今回も、名目上父子《おやこ》であるがゆえに、仕方なしに声をかけただけで。

それが今日さらに強く潤の心に刻みつけられた。

「ふ……」

口から乾《かわ》いた声がこぼれ落ちる。

なぜだろう。そんなことは最初から知っていたはずなのに、思った以上にこたえてしまった。

今までそんな父からの扱いに潤は傷ついたことなどなかったのに、今日の父の冷ややかな言動は潤の胸を何度も切り裂《さ》いていった。今も止まらぬ血と痛みに、潤は動けないくらいだ。

「あぁ、そうか。こういう弊害《へいがい》もあるんだな……」

ようやく原因に思いいたって、潤は自嘲《じちょう》気味に呟く。

泰生と出会い、動き出した潤の心――感情の豊かさを覚えたり人並みの情感が育ってきたりといいことずくめと思っていたけれど、麻痺させていた虐げられる苦しみもストレートに感じてしまうことには潤も当惑《とうわく》せずにはいられない。

それでも、潤はこの痛みや苦しみを乗り越えるしかない。泰生と出会う前には戻れないし、戻りたくないのだから。

肩を落としたまま、潤はようやく歩き出した。

「――いらっしゃいませ、ご宿泊のお客さまでしょうか」

落ち込んでいた潤だが、ベルデスクから出てきたベルボーイの笑顔にほんの少し気持ちが癒《いや》された気がする。

何だ、大丈夫だった……。

ラグジュアリーなホテルだからこそ、サービスは徹底されているのだろう。学生だから相手にされないかもという不安が払拭《ふっしょく》され、潤はようやくホッとした。

「お名前を伺《うかが》ってもよろしいですか？」

レセプションがあるフロアへ直行する専用エレベーターに共に乗り込んでからそう尋《たず》ねられて、潤は少しだけ戸惑う。部屋の予約はおそらく泰生の名でなされているはずだ。潤が名前を口にしても通じないかもしれない。

それを説明すると、ベルボーイからは心配は不要とばかりに微笑《ほほえ》まれた。レセプションでもチェックインに問題なくてホッとする。

「橋本さまでいらっしゃいますね、榎《えのき》さまより確かにご連絡を頂いております。すぐにでもお部屋へご案内するところではありますが、榎さまはお部屋の変更を希望されまして、その準備に若干お時間を頂いております。その間にではございますが、後ほどお持ちするルームサービスのご注文を承《うけたまわ》ります」

「いえ、おれはルームサービスなんていりません」

部屋に通してもらえたら、あとはもういい。

そう思った潤だが、目の前のスタッフは潤の返事を聞いてにっこり笑う。

「はい。きっと橋本さまはそう遠慮されるだろうと榎さまもおっしゃっていました。ですが、本日は榎さまとの食事のお約束が中止になったとか。そのままだときっと橋本さまは食事をなさらないだろうからムリにでも何か食べさせて欲しいとご依頼を頂戴したのでございます」

奔放《ほんぽう》で傲慢《ごうまん》で、モデルという職種柄、薄情なイメージも強い泰生だが、実際は驚くほど面倒見がいい。特に、潤に対してはあれこれ世話を焼きすぎるくらいだ。

そんな恋人のかいがいしさに、潤も嬉しいような気恥ずかしいような複雑な気持ちになる。

「じゃあ、サンドイッチか何かを――」

他、ドリンクの希望や就寝《しゅうしん》準備のターンダウンサービスの時間まで尋ねられ、至れり尽くせりの待遇に潤は背中がこそばゆくなる。

「お待たせいたしました。お部屋がご用意できました」

案内されたのは、寝室とリビングが独立しているずいぶん広い部屋だった。窓からはベイエリアの見事な景観が臨《のぞ》めた。

「この部屋」

「エグゼクティブスイートルームでございます」

ホテルマンのどこか誇らしげな口ぶりから、かなりいいランクの部屋であることが推測され、潤は眉《まゆ》を下げる。

「榎さまには別のお部屋をご予約いただいておりましたが、約束が中止になった橋本さまに、せめてゆっくりくつろいでいただきたいからと、このお部屋へランクアップを希望なさいまして——」

泰生って、実家は格式の高い家だと聞いたことはあったけれど、もしかして相当なお金持ちであったりもするのだろうか。

とても使い切れないような客室設備の説明を聞きながら、潤はそんなことを考えた。

もちろん、今を時めくカリスマモデルであるから自分でも結構な金額を稼《かせ》いでいるらしいが、それ以前に普段の生活でも金銭感覚が潤の想像の上を行くのを何度か見たことがある。

潤としては、こんなラグジュアリーホテルに宿泊することさえ嬉しいような贅沢《ぜいたく》すぎるような感覚なのに、泰生はさらに潤に快適な時間を演出しようとするのだから。

ウェルカムドリンクを受け取ってようやくひとりになった潤は、ほっと肩から力が抜けた。

「そういえば、泰生のマンションの部屋も結構広いし新しいからきっと家賃高いんだよね」

香りのいいコーヒーを口にしながら潤はソファに凭《もた》れる。

もちろん潤の家も名家だしそれなりに裕福《ゆうふく》ではあるが、潤自身は虐げられていたせいもあってその恩恵《おんけい》にはほとんど与《あずか》らなかった。そのおかげか、金銭感覚は庶民のそれと変わらないはずだ。

だから、階下にあるプールやエグゼクティブクラス専用のラウンジもご自由にご利用下さいと言われても、潤にとってはこの部屋から出ることすら恐縮してしまう。

それとも、泰生くらいの年齢になると誰でもこんなホテルを気まま勝手に使えるようになるのだろうか。そういえば、潤の姉である玲香も気後《きおく》れすることなくふるまえるだろうことは想像に難《かた》くない。

いや、そもそも世間でも特別な存在であろう二人を例に挙げること自体間違っているような気がして、潤はもう考えることを放棄《ほうき》した。

「シャワーを浴びようかな」

予備校の講座を一日受け、ここまで歩いてきたせいか、早くさっぱりしたい思いはある。が、寝室の奥にちらりと見えるバスルームに、潤は神妙《しんみょう》な顔になった。

先ほど説明を受けたバスルームは、寝室の真横にあってその壁は全面ガラス張りなのだ。バスルームからでも寝室越しに外の風景を臨めるようにだろうが、潤にとってはあまりに大胆な作りにシャワーを浴びるのが恥ずかしくなる。

「いや、泰生がいないからこそシャワーが浴びれるんじゃないか」

そうだ。泰生がいたらとてもあのバスルームは使えないが、今はいないから恥ずかしさだって少しは我慢出来る。

そう思い立つと、潤はいそいそと立ち上がった。

「入るなら、今だ――」

泰生が部屋に帰ってきたのは日付が変わる頃だった。

とは言っても、ソファに座って勉強していたはずがいつの間にか眠ってしまっていた潤は、泰生がシャワーを浴びたのにも気付かなかったくらいだ。

「潤、そろそろ起きろよ」

柔らかく声をかけられて目を覚ますと、鼻先にふわりと、トワレの香りがよぎった。

「泰…生？　お帰りなさい」

バスローブ姿の泰生が潤の座るソファの肘《ひじ》かけ部分に座って覗き込んでいた。

フットライトだけに落とされた豪奢《ごうしゃ》な客室は、ブラインドを上げた窓からの夜景の明かりでほんのりと染め上げられ、いつもと違う場所にいることをまざまざと感じさせた。

「ベッドに入ってろって言ったのに、こんなところでうたた寝してるとカゼ引くぞ」

いつの間にかけてくれていたのか、身を起こすと泰生のサマートレンチコートが体から滑り落ちていく。やれやれと、泰生がそれを拾い上げて向かいのソファへ放り投げるのを潤はぼんやりと見つめた。

泰生、だ。

端整《たんせい》な顔にざんばらに落ちる黒髪が、今は湿《しめ》っているせいか普段以上にやけに艶《つや》めいて見えた。芸術家が丹精《たんせい》に彫り上げたような鼻筋はスッと美しく、それに反して大きめの唇は肉感的で、泰生の容貌《ようぼう》に何とも言えない色気を醸《かも》し出す。鋭《するど》さと甘さという両極を内包する魅惑《みわく》的な黒瞳が、潤を見つめて優しくにじんでいた。

三日ぶりの泰生だった。

「こぉら、潤?　起きてるか?」

うなじに滑《すべ》り込んできた泰生の手は冷房で冷え切っていた潤の体にはひどく熱い。それが心地よくて、泰生に無意識に体をすり寄せた。

「寝ぼけてると潤は甘えたになるよな」

潤の体を支え、抱きしめてくれる泰生は喉で笑う。

シャワーあとのまだ湯気が上がっているような泰生に抱かれていると、そのままもう一度眠ってしまいたくなる。幸せで、心の中にホッと温かい火が点《とも》ったような感じだ。

「今日は帰ってこないかって思いました……」

「いつもだったらな。撤収《てっしゅう》が早いと、叔父貴たちはうるさいしイトコたちは追い縋《すが》ってくるしで何かと面倒なんだよ。でも、電話で会いたいってあれだけ可愛くわがまま言われたら仕方ないだろ」

「それは……ごめんなさい」

しゅんとなる潤に、泰生は手探りで潤の耳たぶを見つけるとぐっと引っ張ってくる。

「ったぃ」

「ばーか。そこは謝るとこじゃねぇだろ。ったく、相変わらず真面目《まじめ》だよな、おまえは」

他の人間に言われたら落ち込みそうなセリフだが、泰生のそれは愛おしむような響きだったせいか、潤の心も不思議と傷つかない。

「今日は、どんなパーティーだったんですか」

話したいことはいっぱいある。もちろん早く触れあいたいし、キスも欲しい。

色んな欲求がありすぎて、逆に潤はそんなどうでもいいことを泰生に尋ねていた。

「一年に一度の、榎家総員の誕生日会だよ」

その返事があまりに予想外だったから、潤はきょとんと泰生を見上げる。

誕生日会なんてまるで小学生みたいだ。

「笑うだろ。でも、これでも合理的なパーティーなんだぜ。それまで別々にやっていたオヤジの誕生日を祝うパーティーや分家誰それの喜寿《きじゅ》の祝いなんかを、面倒くさがったオヤジが年一回にまとめたんだ。それまではそのつど何度も招集《しょうしゅう》をかけられてたからたまらなかったぜ」

泰生の話を聞くと、確かに合理的な気がしてくる。

それにしても、誕生日を祝うためにパーティーを開くとか、ずいぶん仲のよい親せきたちだ。

それとも逆に、昨年潤の祖母が古稀《こき》の祝いだとかで大勢の親せきたちを集めて堅苦しい会を催《もよお》したように、榎家もそんな古いしきたりに縛られた家なのだろうか。

ご主人さまに撫《な》でられるネコのように、耳たぶを擽《くすぐ》る泰生の指にうっとりしながら考える。

そんな潤に気付いているのか、いないのか。泰生の指先が首筋に落ちてきた。肌の下を流れる血脈を探すように妖しく喉元を撫でられると、ネコの気分ではいられなくなるから困った。

「っ……」

腕の辺りがゾクゾクとして、うなじの毛が逆立つような気がする。

「潤は何してたんだ?」

ゆっくりとした口調は、官能的な響きさえあった。低く、深みのある泰生の声は、くつろいだときだけにしか聞けないとっておきのもの。

きっと、泰生と恋人にならないと聞けないのだ。

「おれは、風呂に……っん、夜景…がきれいだったから」

「ちゃんとブラインドは下ろして入ったんだろうな?」

「そんな、だってブラインドを下ろしたら夜景は見れなくなります……」

就寝準備のターンダウンサービスの際に、暗くなったからと窓にはブラインドが下ろされた。けれど窓から見えるあまりに見事な夜景に、潤はもったいなく思えて途中でまた開け放ってしまった。

その状態で、先ほど潤は二度目のお風呂を楽しんだのだ。バスルームの内側に設置してあったブラインドも、泰生がいなかったから下ろさなかった。

だって、夜景を見てお風呂に入りたかったから……。

そんないいわけを呟いてみるが、泰生の黒瞳が妖しく光っていくからたまらず口を閉じた。

「ふうん、いい度胸だな」

喉で笑うような声と共に泰生が顔を近付けてきた。額に柔らかい唇が押し当てられる。そのまま鼻筋を通って降りてくる泰生の唇を、潤は迎えるように顎《あご》を上げた。

「……ん」

ちゅっ、と水音がして泰生の舌が滑り込んできた。口内の柔らかい粘膜ばかりを見つけては舌先で擦《こす》り上げ、無意識に逃げようとする潤の舌に誘うように絡みついてくる。

ゆっくりと、しかし確実に官能を高めていくキスに、潤はたゆたいながら流されていく。

「ふ…っ……ん、ん、ゃ…うっ」

三日ぶりのキスに、自分がどれだけ泰生に飢えていたのか、改めて思い知らされた気がした。潤を包み込む深い森に迷い込んだような香りは、泰生だけのもの。ゴージャスで、大人の男を意識させるトワレだが、泰生の肌から香り立つそれは潤の欲情をストレートにかき立てる。

ざわざわと熱が下肢にたまっていくような落ち着かない気分に、潤は自分から泰生の首に手を回して先を促してしまった。

そんな潤に泰生は唇に笑みを作ると、潤が着ているパジャマに手を伸ばしてくる。

「っ……っは…ん」

ホテルのパジャマは生地の柔らかいもので、泰生の手がパジャマの上を滑るとその刺激がダイレクトに肌へと伝わってきた。泰生の手にも潤の肌の様子が伝わるのか、胸の辺りをさまよっていたかと思うと、ぷつりと尖《とが》った粒をさっそく見つけられてしまう。

「っ、ひ……」

息をのみ、泰生の首にしがみつく。リップ音を立ててキスをといた泰生は、濡れた唇を目の前で扇情的《せんじょうてき》に引き上げてみせた。

「相変わらずエロい体だな。いつから乳首立ててたんだよ？　このやらしい裸を誰かに見せたくてストリップしたって言うんだな？」

「っん、んっ…ゃ、そんなこと…し…ないっ」

パジャマの上から尖りを爪で引っ掻《か》かれ、しがみつく腕がぶるぶると震える。

「あぁ？　だっておまえ夜景を見ながら風呂に入ったんだろ。あそこから外が見れるってことは、向こうからも潤が風呂に入っているのが見えたってことだろうし」

「そ…んな…ぁっ、んぅ…っ」

ガラス張りのバスルームは寝室からはもちろん外からも丸見えだろうが、この部屋が高層のために覗《のぞ》ける場所はほとんどないといっていい。それは泰生もわかっているはずなのに。

「おれに許可なく見ず知らずの人間にこの裸を見せるなんて許せないな」

潤を言葉でいじめながらも、泰生は指先でも潤を苛《さいな》む。布越しの突起への愛撫を繰り返し、潤を焦《じ》れさせるのだ。

「見せて、ないっ…ない…からっ。ぅ……っん、ぁ、あっ、痛ぁ…いっ」

首筋にゆるく歯を立てられて、思わず甘えるように悲鳴を上げてしまった。

「可愛い声で煽ってんじゃねぇよ」

舌打ちするような呟きのあと、ぞろりとうなじを舐《な》められた。キスマークがつかない強さで肌を吸われ、うなじに突き出た骨をしゃぶられる。

「ぁ、泰…泰せ、ゃ、やぅ…っ…ん、ん、んっ」

泰生の手がようやく潤のパジャマのボタンにかかった。片手で器用にすべてのボタンを外すと、全開になった胸元にその手が滑り込んでくる。

「ぁ、んん――…っ、っ…くっ…ふ…」

ホッとしたのもつかの間、泰生の指でダイレクトに胸の突起をつままれると今度は刺激の強さに身をよじった。手慰《てなぐさ》みのように指先で擽られ、指の腹でこね回される。爪《つめ》で弾《はじ》かれると、潤はたまらず喉をのけ反らせて喘《あえ》いだ。

潤の弱点など泰生にはすべて知られていた。特に胸を触られるとすぐに潤が昂《たかぶ》ってしまうことは、最初に抱かれたときに見つけられたくらいだ。そのせいか、潤を抱くときは念入りに胸をいじってくる。

身悶《みもだ》えるような圧倒的な愉悦《ゆえつ》に、今日も潤はなすすべもなく泰生に体を委《ゆだ》ねてしまった。

けれどそんな潤こそが愛おしいと、泰生がキスを落としてくるから安堵《あんど》する。

頭の先に、こめかみに、顎の先に、そして唇に――。

「んぅ……ん、っ……」

潤の体温を確かめるように唇にねっとりと舌を這《は》わせたかと思うと、ゆるく唇を吸い上げる。甘噛みをされると、泣きたいほど気持ちがよくてしらず喉が鳴った。

首を傾けて深く差し込まれた熱い舌が潤の口内を探る。柔らかい粘膜を擦っては舌の輪郭《りんかく》をたどるように周囲を擽る。互いの舌を絡ませたまま強く吸われると、背筋を何度も電流が駆け上っていった。

「んだよ、このあばら骨。また痩せやがったな。おれがいないからって、こんなに痩せられちゃたまんねぇだろ」

左右の粒からようやく泰生の手が離れ、胸に浮き出る骨をゆっくりと触られた。が、煽られた快感のせいで、そんな刺激にさえも潤の肌はあわ立っていく。

「っ…ひ……」

その泰生の手が、みぞおちをなぞりへその辺りを擽りながら下肢へとたどり着く。布越しに欲望を撫でられ、もたげているそれをやわやわと揉《も》み込まれた。しっとりと下着が湿るくらい、潤の欲望は涙をこぼしていた。

「女みたいに濡らしてんじゃねぇよ」

喉で笑う泰生は、パジャマのゴムを潜《くぐ》って中へと手を忍ばせ、潤の欲望を直接握った。先端からあふれる雫《しずく》を周囲へ広げるように親指でこね回されると潤はたまらず高い悲鳴を上げた。茎《くき》に這わせられた指を上下に動かされると、恥ずかしくも腰が揺れてしまう。

「っく、ゃ、やぅっ……ぁ、ぁんっ」

腿《もも》が勝手に痙攣《けいれん》し、腰の奥がじぃんと疼いた。

前だけの愛撫で、腰の奥が連動して熱くなるようになったのはいつからか。

今の潤は、屹立《きつりつ》だけへの愛撫では何か足りないと思うようになっていた。秘所が泰生を欲して疼く感じに、潤はいつも激しい羞恥《しゅうち》を覚えてしまう。

泰生の熱を、たくましさを、激しさを知ってしまったせいで、麻薬のように次も求めてしまうのだ。自分はこんなにも貪欲《どんよく》なのかと怖くなるほど、それは強い欲求だった。

「ぁ、泰…泰せ…泰生…っ、んんっ、ゃ、ぃやっ」

特に泰生としばらく触れ合えなかった今夜は、その欲望は潤の理性を上回るほどで、こみ上げる情火に潤は知らないうちに泰生にしがみついてしまっていた。

「ここだけじゃもの足りないって？」

嬉しそうに唇を引き上げる泰生は、潤の片足を自分が座っていないほうの肘かけに跨《また》がせる。

「あぁっ……」

大きく開かされた下肢に潤は恥ずかしくなるけれど、それより今は渇望感《かつぼう》のほうが強く、泰生の意のままに動いた。

用意していたらしいローションで、後孔が解《ほぐ》されていく。抱かれることにようやく慣れてきた体は泰生の指をすんなりと飲み込み、しっとりと絡《から》みついていった。

「んっ、ぁ、っは……ゃ、あ、いゃっ」

それに加えて、泰生の濡れた舌が胸の辺りをさまよい出す。小さな突起が熱い唇に含まれると、秘所で蠢《うごめ》く指をきつく締め付けた。舌先で捏《こ》ねられると、なすすべもなく身悶える。

下肢での手淫と胸での口淫がダブルとなって潤を襲い、怖《おじ》けるほどの快感が出口を求めて激しく逆巻く。甘い責め苦に、潤は体を震わせて大きく胸を上下させた。

ラグジュアリーな空間に甘い喘ぎとせわしない呼吸、いやらしい水音が響いていく。

「ゃ…、ぅ…んっ……ゃ…ぁっ」

気持ちいい。体が蕩《とろ》けてしまいそうなほどの圧倒的な快感だった。

けれど、足りない……。

泰生が欲しくて、飢餓《きが》に近い欲望に泣き出してしまいそうだ。

「あぁ、すげぇトロトロ。もう少しいじってやったほうが楽なんだろうけどな」

足に絡まるズボンと下着を脱がせると、泰生はフラフラする潤を立たせる。窓に手をつくような格好にさせられると、後ろから腰を掴まれた。

「泰…生?」

窓に向かって裸同然で立ち、腰を後ろに突き出すようなあられもない格好に、潤は不安になって首をひねる。目が合うと、泰生は苦笑して見せた。

「ったく、おれの方が我慢きかねぇって、思春期かって感じだ」

薄暗い照明のせいか、彫りの深い端整な顔はいつもより陰影を濃く浮かび上がらせ、欲情をこらえているためにその表情は凶悪なほど婀娜《あだ》っぽい。

バスローブの紐《ひも》を外しただけの泰生が、潤の背中に覆《おお》い被《かぶ》さってきた。

「っ、そんな…ここで? ぁ、泰——…っ」

熱い切っ先が入り口に触れる。ゆっくり腰を押しつけられ、穿《うが》たれていく欲望の感触が生々しくて悲鳴を上げた。

立ったままという初めての体勢に体がこわばり、いつものように泰生をうまく受け入れられないのかもしれない。

それなのに強引に深部まで貫いていく怒張《どちょう》に足が震えた。

「っは、すっげ締《し》まる…っ……」

背後で泰生が小さく呻《うめ》く。それが、震えとなって中から伝わった。その小さな刺激にさえ、潤の肌はざっとあわ立っていく。

潤が落ち着くのを待ってか、しばらく動かないでいてくれる泰生に、潤も必死に息を整えようとする。が、熱い呼吸はせわしなく口をついて出て、窓ガラスを白く曇《くも》らせるばかり。

「悪ぃ、もう限界……」

「ゃ、ぁうっ――っ…」

ゆっくりと泰生が動く。潤の首筋に顔を埋《うず》め、凶暴になりそうな自らを必死にコントロールしているように、荒い息遣いしか聞こえてこなかった。やけにゆったりとした、けれど重い腰使いだ。

その動きだけでも飢えていた体には声が上がるほどきついものだったが、泰生の火傷しそうな熱塊《ねっかい》を身の内に感じると、さらに先が欲しくなる自分はどれだけ貪欲なのか。

「んん、ぁ…んっ…っ、っは」

浮き上がるような快感に、潤はたまらずつま先立ちになる。が、そうなるとバランスを崩しやすくなるため泰生の手がきつく腰に食い込んできた。

「見えてるか？　夜景がすげぇきれいだぜ、潤」

欲望を深く入れたままゆっくりこね回す泰生が、潤の耳元でそう囁《ささや》いた。

その瞬間、潤は自分が窓ガラスの前に立っていることに改めて気付かされる。部屋の明かりは落とされているとはいえ、ブラインドも下りていない窓の前で自分たちは何をしているのか。

「あ…ゃっ、ぃ…っやぁ——…」

「お返しに、あっちにいるヤツらに見せてやろうぜ？　おまえが、おれに入れられてトロトロになってるとこを」

「っ…ぁ、やっ…だ……泰…生っ、ゃめっ…て」

はだけたパジャマの上だけを着た潤があられもなく乱れる姿が窓に映っていることにも今初めて気づいた。

泰生にもたらされる愉悦に溺れ、痴態《ちたい》をさらす自らに、体が震えるほどの羞恥を覚える。しかし、それ以上に悶えるほどの快感が襲ってくるから泣きたくなった。

「おいおい、何感じてんだよ…っ、見られて興奮するなんてヤバイんじゃゃね？」

揶揄《やゆ》する泰生の声にセクシャルな響きがにじんだ。

「違……ゃ、っぁ、た…泰生っ、ここ…ここじゃ…んっ、ぃや…ぁあっ……」

「…っは、嘘《うそ》…はつくなよっ、潤」

ずんと鋭く抉《えぐ》られ、潤は背中をしならせた。必死で窓ガラスに縋るが、突き上げてくる勢いはそれ以上で、泰生の強固な支えがないと立っていられない感じだ。

眼下に広がるのはベイエリアの見事な夜景、暗い海に浮かぶ船の明かりも鮮《あざ》やかで、さっきまでそれも楽しんで見ていたのに、今は、明かりのあるそこに誰かがいるのかもしれないと思うと、見られている羞恥と興奮に何度も鳥肌が走った。

「ひ……ぃ……っ、ゃ、ゃあ……っ」

浅く、深く。速く、ゆるく。不規則に穿たれて、ビクビクと体を震わせた。

痺《しび》れるほどの愉悦に体が無意識に逃げを打つのを、泰生が強い力で引きとめて杭《くい》を打つ。それが怖いくらい気持ちよくて、苦しくて、子供のように泣きじゃくるのに、泰生の律動は激しくなるばかりだ。

「ぁ、も…もうっ……んんっ、ん、ん……」

潤の泣き言を聞いて、泰生のピッチはクライマックスのものへと移行した。

泰生が穿つたびにつま先からびりびりと震えが駆け上がってくる。疼きにも似たそれを逃がすかとばかりに、泰生の突き上げも勢いを増した。

「つぅ……っ、く…ぅっ、あ……んっ、ぁうっ」

「く…は……っ」

頭の先まで駆け上ってきた震えが別の何かに押し上げられ、体が浮き上がる。押し殺したうめき声をこぼした泰生に捕らえられ、潤は宙に投げ出された。

「ぁ、落ち…るっ――…」

その瞬間、夜景の明かりのまっただ中へ飛び込んでいく幻想を潤は見た。

三日ぶりの泰生との逢瀬《おうせ》だったからか、それともいつもとは違うシチュエーションだったためか。自分が思った以上に盛り上がっていたことに気付いたのは、翌朝になってからだ。昨夜、おそらく二人が眠ったのは朝方に入った時間。最後には、潤は気を失うように眠ってしまったからはっきりとした時間は覚えていないくらいだ。

「ったく、そのまま二度寝すんじゃねぇぞ？」

ベッドに座ったまま動けずにぼうっとしてしまう潤に、寝起きはすこぶるいい泰生が笑った。普段から低血圧ぎみで朝がめっぽう弱い潤だが、今朝はさらに昨夜の疲労もたたって、さっぱり目が覚めてくれない。

昨日までハードな海外遠征だった泰生のほうがこんな元気だなんてどういうことだろう。

基礎体力がまったく違うんだろうな……。

バスルームへと消えた泰生の背中をぼんやりと見送りながら潤は考えた。

泰生と暮らし始めてまだほんのちょっと。二人の生活リズムがようやくわかってきた頃だ。

仕事上夜が遅い泰生だが、実は朝も学生の潤と一緒に目を覚まし、マンションの階下にあるスポーツジムへトレーニングに通っている。休日に潤もビジターとして行ったことがあるが、一緒にトレーニングを始めて早々、泰生について行けなくなったことは記憶に新しい。

モデルという仕事はカメラの前に立つだけなんて思われそうだが、泰生の努力とそのストイックな姿勢を知れば、きっと皆驚くことだろう。

世界を股にかけて仕事をしているトップモデルだからかもしれないが、逆に、そういう泰生だからこそ世界で活躍し続けられるのかもしれない。

これから厳しい受験に臨もうとする潤にとっては、自分を律《りっ》してさらに上へと挑戦し続ける泰生の姿勢には励《はげ》まされるものがあった。自分もそうありたい、と。

「よし、寝てないな。ほら、首に手を回せ」

戻ってきた泰生に腕を摑まれて促され、潤は無意識に泰生の首の後ろでその腕を交差させた。それを確認して、泰生が潤の体を抱《かか》え上げる。

「っ…わ…泰…ぇ……？」

「うっせ。ねぼすけ潤は黙ってろ」

連れて行かれたのはバスルームだ。

「――ほら、少し熱めに調整したから今度こそ目が覚めるだろ」

良い香りがする湯が満たされたバスタブに沈められ、体が温まってくる。ぼんやりとした視界も少しずつ晴れていく感じだ。瞬《まばた》きを繰り返していると、ぱしゃりと、泰生に頭から湯をかけられてしまった。

「っ……」

「しっかり目を覚まして出てこい」

愛しげな苦笑いを浮かべてバスルームを出て行った泰生に、潤は恥ずかしくてバスタブの中へと沈み込んだ。尖らせた口からぶくぶくとあぶくが上がる。

何だか、自分が小さな子供になったみたいだ。これでも学校ではしっかり者だと言われ続けてきたのにな……。

小さい頃から厳しく育てられたせいか、潤は人に頼る習慣がほとんどない。ひと通りのことは何でもやれるし、たとえ朝が苦手だろうと早く起きたり時間に余裕を持って準備したりして今まで遅刻したこともない。

なのに、泰生ときたらそんな潤を甘やかすだけ甘やかすから困ってしまう。

過保護なくらいに世話を焼かれるから擽ったいというのもあるけれど、それ以上にそんな毎日に自分が慣れてしまうのが怖い。

「泰生のいないときがよけい寂しくなるんだ……」

雫のしたたる前髪をかき上げて自嘲気味に呟いた。

泰生が海外に行っていた昨日までの三日間に特にそれを感じた。

濡れた髪に文句を言いながらも拭《ふ》いてくれる手がないことを。夏で細くなりがちな食欲を気遣ってくれる声が聞こえないことを。

今まで潤が何げなく行っていた日常の節々でそんなふうに泰生の気配を色濃く感じてしまい、泰生の不在がより強く感じさせられるのだ。ひとりでいる寂しさが増長《ぞうちょう》されてしまう。

こういうのって、そのうちに慣れていくのかなぁ……。

泰生はこれからも海外へ行く予定がつまっているし、家を空けることだって多いはずだ。そのたびにこの寂しさを感じるのはつらい気がする。

甘やかされるのは嬉しいけれど、あまりそれに甘えすぎないように注意しなきゃな……。

潤はようやくはっきりし始めた頭で決意して、完全に眠気を飛ばすために行動を開始した。


「メシ、食いに行くぞ。ついでにチェックアウトも済ませるか」

潤がバスルームを出ると、すっかり準備の整った泰生が待っていた。

朝食が準備されているラウンジはまだ時間が早いせいか、人は少ない。エグゼクティブクラス専用のラウンジであるため、皆朝の時間はもっとゆっくりしているのかもしれない。

潤もひどくのんびりとした気持ちで泰生のあとについてラウンジレストランに足を踏み入れた、が。

「げ、オヤジがいるな」

その多くない人の中に泰生の父がいたらしい。

泰生の発言に心臓が飛び跳《は》ねた。

昨夜はこのホテルで榎一族の行事があったのだから、泰生以外の家族や親せきたちが宿泊していてもおかしくないことに今ようやく気付いたが、あとの祭だ。

どんな人だと興味を持つ前に潤に臆《おく》する気持ちが生まれてしまうのは仕方なかった。

「た…泰…泰生っ」

「どした？　何慌ててんだよ」

泰生こそ、どうしてそんな落ち着いていられるのか。

自分はこのままここにいていいのかと、潤はひとり焦る。

朝食の場に泰生と共に姿を見せるなど、まさに昨夜はこのホテルに二人で泊まりましたと言っているようなものだ。

ただでさえ潤も泰生も男同士だというのに、そんな特殊なシチュエーションである今、自分は身を隠した方がいいのではないかと潤はひとりワタワタする。

が、そんなこんなをしているうちに、泰生の父はやってきてしまった。

俯《うつむ》きたくなる顔を懸命《けんめい》に我慢して上げると、近寄ってくる壮年《そうねん》の男性を見た。優しげな目尻のしわが印象的なその人は、泰生を前に驚いたように瞠目《どうもく》している。

「おはよう、泰生。何だ、ずいぶん早いな」

張りのある声は、まだ若い。泰生よりは低いが、それでも日本人にしては長身な体にスーツを着た姿は、年齢を重ねた渋みのあるハンサムぶりとその身に纏《まと》う上品な雰囲気が相まってとてもダンディだった。

「オヤジこそ、社長のくせに重役出勤じゃねぇのかよ」

「社長だからこそ誰よりも早く出社するんだよ。それより、昨日は恋人を連れ込んだって小耳に挟んだから、こんなに早くおまえが朝食にくるなんて驚きだぞ。一緒じゃなかったのか？」

「ん、いるぜ…って、潤？　何隠れてんだ」

「あの、あの、あのっ」

潤にとって父親というものはずいぶん遠い存在だっただけに、目の前で交わされるあけすけな二人の会話に驚いていた。そんな動揺している最中に、父だという男の前に押し出されてしまいさらに動転《どうてん》する。

どうして親に対してこんなにもナチュラルに潤を恋人だと紹介出来るのか。

泰生は男同士であることを親にも隠さないんだ。

どこまでも泰生らしい態度にある意味感心するけれど、潤としては心の準備がまったく出来ていなくて、どうしたらいいのかわからなかった。

しかし驚いたのは潤だけではなかったらしく、潤を目の前にして、泰生の父も同様にあ然としているのは救いか、それとも――。

「潤？」

泰生から不審《ふしん》げに見下ろされ、潤はようやく何か言わなければと姿勢を正した。

「おはようございますっ」

頭が回転しすぎてクラクラになりながら、しかし、潤は挨拶《あいさつ》しか口にすることが出来ずに頭を下げる。それだけで精一杯だった。もう、他は何も言えない。

「潤、いつまで頭下げてんだ？」

促されてようやく顔を上げた潤は、助けて欲しいと泰生を縋るように見上げる。苦笑すると、泰生はそっと肩を抱いてくれた。ホッと安心するも、すぐに潤は思い直す。

父親を前にその息子である泰生とこんな密着なんていけないのではないか。

潤は顔色を青から赤へ、赤から青へと、めまぐるしく変化させてしまう。

「おーお、てんぱってるぜ。ま、いきなりじゃ仕方ないか。オヤジ、こいつ、橋本潤な。この通りちょっと引っ込み思案だけど、慣れるとすげぇかわいーんだぜ」

泰生の声が自慢げに聞こえたのは混乱の極みのせいだと思ったけれど、泰生のセリフを聞いて目の前の男性もひどく驚いたような顔をしていたから本当だったのかもしれない。そんな父親に気付いて、泰生は心外そうに顔をしかめた。

「何だよ、んなびっくりして。別に、今さらおれが男を恋人にしても珍しくも何ともないだろ？　おれは親せきたちの思うようにはならないって再三言ってるんだし」

「いや、それはそうなんだが、私が驚いたのはそういうことでは……。いや、あの、彼はまだ学生ではないのか？」

「そ。今日も予備校があるってんでおれもこんなに早起きしてんだよ」

泰生の返事に父親は今度こそ絶句《ぜっく》した。それでも何とか気を取り直して口を開こうとしたが、後ろに立っていたメガネの男から何事かを耳打ちされ、諦《あきら》めたように言葉をため息に変えた。

「——そうだったな。泰生、その…あまりムチャはしないように」

朝の忙しい時間だったらしい。泰生の父はそう言い置くと、秘書だと思われるメガネの男を連れてようやく歩いて行った。

「ったく、オヤジは何が言いたかったんだか」

肩を竦める泰生だが、潤はようやく息がつけた。緊張でガチガチに固まっていた体がゆっくり弛緩《しかん》していく。

「ステキなお父さんですね」

「まぁ確かに、あのみてくれにコロッと騙《だま》されるヤツはいるな。でも、腹ん中は真っ黒だぜ？」

クスクスと笑う泰生に潤は複雑な思いを抱える。

色々と驚いた対面ではあったが、振り返ってみると泰生と泰生の父親はずいぶん親しげな様子だった。以前、泰生から親の力は借りずに自分の力だけでトップモデルにのし上がったなんて聞いていたから、あまり親子仲はよくないのかなと思ったりしたけれど、そうではなかった。

立派な父親だからこそ、それを超えるべく泰生は戦っているのだろう。

羨《うらや》ましい親子関係に潤は自分を省《かえり》みて寂しさを覚える。潤の話を聞こうとも、顔を見ようともしない父と昨日会ったばかりだから、特にそう感じるのかもしれない。

他の家と比較しても仕方ないいんだけど……。

潤は小さく唇を噛んだ。

「っと、おまえももう時間がなくなったんじゃね？　ほら、さっさとトレーを持て、んで皿な」

「あ、え？」

「卵は当然オムレツだよな。ふたつ、マッシュルームとチーズでよろしく。あ、おまえベーコンよりハムがいいんだっけか？」

ぼうっとしていた潤だが、有無を言わさずトレーを持たされて次々と食事が載せられていく。泰生の注文を受けて、スタンバイしていたシェフが華麗な手つきでオムレツを焼き始めた。

「ムリです、ムリ。こんなに食べられませんっ」

「うっせ、このくらい全部食べろ。ったく、おれがたった三日いなかっただけで何痩せてんだよ。これじゃ、これから海外に行くたびに心配するハメになんだろ。太れ、多少痩せてもいいようにもっとブタになれ」

「あ、あ、そんなに載せないでっ」

トングでいっぱいに摑んだ温野菜を載せられて泣きそうになった潤を、泰生が笑った。

さっき少しだけ感傷《かんしょう》的になったけれど、もうすっかりそんな気持ちは吹き飛んでいた。泰生といるといつだって幸せな気持ちが生まれる。

泰生の甘やかしに甘えないなんてさっき心に誓ったばかりだけど、今だけはいいかな。

本当に泰生に感謝、だ。

潤が泰生の部屋に住まわせてもらうきっかけになったのは、つい先日行われたファッションショーのせいだ。泰生やその友人であるデザイナーの八束《やつか》が中心人物となって執《と》り行われたショーで、その模様はインターネットを通してライブ中継され、雑誌やテレビでも大々的に取り扱われた。

実は、そのショーに潤もひょんなことから出演することになったから、事件が起こった。

由緒正しい家に潤のような外国人の血を引く人間がいることが恥ずかしいと常々口にしていたような祖父母だ。テレビで流された潤の映像を見て激怒し、勘当という顛末《てんまつ》だった。実際は、ショー開催前に宣伝として流されたテレビ映像ではあったが、反対されたのをおして本番のショーにも出演したため、潤の勘当は未だ解かれていない。

それでも、ファッションショーに出演したことを潤は後悔していなかった。

泰生の活躍する場に自分も立てたのは貴重な体験だったし、泰生のように世界を感じる仕事がしたいという進路が決まったことも大きい。何より前よりもっと泰生と深く繋《つな》がるきっかけとなった。

それでも、やはり人の目に触れる場に立ったことで弊害《へいがい》はあった。

「橋本ってさぁ、よく見ればきれいだよね、顔」

「あー、うん。地味だけどさ、パーツは整《ととの》ってんだよね」

「私もけっこー好きな顔だよ。ねぇねぇ、だったら私と付き合ってみる？　その代わりさ、『ke·isuke yatsuka』の服、ちょうだいよ。この前のショーの服、あんたがもらったんでしょ？　明日持ってきて」

「んでぇ、サオリはその服、コージくんに貢《みつ》ぐんでしょ」

「ちょっと、それは内緒だって」

すぐ隣《となり》で弾けるような笑い声が上がって、潤は眉を寄せる。潤の隣を陣取っているのは、予備校にふさわしいとは言い難い派手な化粧で身を固めた女の子たちだった。

先日のファッションショーに出演したせいで、今まで近寄りもしなかったこの手の女の子たちが入れ替わり立ち替わり接触を図ってきて潤はかなり困っていた。自分もモデルになりたいからデザイナーを紹介してだの、泰生やら他、潤が聞いたことのないモデルの誰それに会いただの、果ては潤自身に何らかの価値を見出してか接近してくる女の子もいた。

そういう女の子たちに共通するのが、潤の注意など気にもとめない強引さと周囲の状況を顧《かえり》みないかしましさだ。授業中もお構いなしの女の子たちのおしゃべりに、潤はろくに授業に集中できなくなっていた。果ては、女の子たちと一緒に教室を追い出されることもあったりするのだから、もう迷惑に近い心境だ。

今も、次の授業が始まろうかというのに、女の子たちはこのまま居座るつもりらしい。しかも、その机に載っているのは教科書でも参考書でもなく、化粧道具と携帯電話だけというのが潤にはとても理解できなかった。

「あの、本当に困るんだ。静かにしてくれるか、出ていってくれないか」

今日何度目かの抗議をしてみるけれど、潤の言葉が弱いのか、いっこうに女の子たちの態度は変わらない。それどころか、よけい彼女たちの関心を引いてしまう。

「やだ、照れてんの？　橋本ってば」

「かわいいじゃん。やっぱさ、付き合ってあげるよ、私。これからデートしよっか」

「ちょっと、サオリってばマジぃ？」

甲高《かんだか》い声で交わされる会話は、きっと教室中に響いているだろう。

「あのっ」

これ以上教室を追い出されたり、授業の邪魔をされたりしたくない。

そう思って、潤が声を大きくしたときだ。

「うっせぇんだよっ」

突然、前に座っていた男が振り返ると潤を睨《にら》んで怒声《どせい》を上げた。窓がびりびりと震えるほど迫力のある声に、教室中が一瞬にしてしんと静まりかえる。

「さっきからキャーキャーといい加減にうっせぇよ。女といちゃつきたけりゃよそでやれ。てめぇらも、このクラスのヤツじゃねぇだろ。とっとと出てけよ」

格闘技《かくとうぎ》をやっているような巨軀《きょく》の持ち主は、短く刈り込んだ黒髪にいかつい顔をさらに険《けわ》しくしかめ、潤から視線を女の子たちに移した。じろりと、音がしそうなほどきつい眼差しに見据《みす》えられ、女の子たちもさすがに恐れたように席を立っていく。

「な、何よ、自分がモテないからってひがみかよ。もう行こ」

「でもぉ、かっこよくない？　ちょっと」

「はぁ？　あんた、趣味悪くない？」

しかし去っていく女の子たちの会話が聞こえてくると、その理解も反省もしていない内容に、潤は少しがっかりした。

「あの、ごめん。うるさくして」

前に座る男に改めて潤が謝罪をすると、振り返りざまにまたきつく睨まれてしまった。

「わかってるなら自分でどうにかしろよ。あんたさ、人に迷惑かけてんのに、何いつも知らんぷりしてんだよ」

攻撃するような激しい口調に思わず潤は口ごもる。それを見て、男はせいせいしたといわんばかりにふんっと鼻を鳴らした。

きつい発言だった。けれどそれは確かに正しい。潤は自分が困っていることで手一杯で、周囲のことに気付けなかったことを思い知らされる。

特に潤がいるクラスは夏休みから特別に編成された、少数精鋭《せいえい》の特待《とくたい》コースだ。人一倍勉強が出来る生徒たちが集まっているせいか、授業に対する姿勢も真面目で、普段は私語ひとつない教室だった。

それを毎回迷惑なほど騒がせて、さらにそれに気付かなかったなんて恥ずかしいくらいだ。男が怒るのも当たり前だろう。

「じゃ、今日はここまでにしよう――」

「ぁ……」

講師の終業の言葉に、潤は慌てて顔を上げる。色々考えすぎたせいか、せっかく女の子たちがいなかったというのに授業に集中できなかった。

「何だかな……」

情けない思いで、潤はのろのろとカバンに参考書をしまっていく。

今日の授業はすべて終わったせいか、受験生といえど少しの解放感を覚えているらしい教室はいつもよりほんの少し騒《さわ》がしい。

そんな中、前に座っている男はまだ黙々とノートを取っていた。姿勢のいいその背中をじっと見つめるけれど、自分から声をかけて先ほどの件について改めて謝罪することは潤には出来なかった。ノートを取り終わったらしい男が片付けを始めたのに気付いて、潤は慌てて立ち上がる。逃げるように教室を後にした。

本当に意気地《いくじ》なしだなぁ……。

控えめながらも床を蹴《け》りつけるように廊下を歩いて行く。

今までまともに友人などいなかったせいか、未だに潤は他人とコミュニケーションを図《はか》るのが苦手だ。泰生と出会ったことでほんの少しマシになったとはいえ、同学年が相手だとどうもうまく会話が出来ないのが悩みだ。

泰生とか、泰生の友人の八束さんとか、よく食事に行くバーのマスターとか、ずいぶん年の離れた人だとだいぶん話せるんだけどな……。

彼らと、同じ年代の人間と、どう違うのか。

考えてみるけれど、自分の心の中がようやくわかり始めたばかりの潤にとって、他人の心の中などわかるわけがなかった。

せめて。

「明日からは気を付けよう」

女の子たちへの対応も、周囲への注意も、授業への集中も。

強く誓い、そっと口の中で呟いた。

とりあえず、泰生は今夜仕事で遅いらしいから、泰生の帰宅までしっかり勉強して今日の授業の分を取り戻そう。

「うん、そうしよう」

潤はようやく上向いた気持ちに、足を速める。

潤が通うのはいわゆる大型予備校のため、夏期講座ともなると人数も結構なものだ。終業の時間には廊下は生徒たちであふれ、潤はそんな人の波に押し流されるように出口をくぐった。

ここから最寄《もよ》り駅までこんな感じで、あまりの人の多さに、辺りの気温も数度高い気がする。

毎度のことながら、人いきれにぐったりして潤が歩いていると、人波が大きな塊《かたまり》になっているる場所に気付き、何気なく視線を流した。

しかし、その中心にいる人物を見ると思わず足が止まる。

「えっ」

美夢《みゆ》、ちゃん――？

潤はあ然と集団の中心にいる人物を見つめた。

橋本美夢という潤よりひとつ年下のイトコだったのだ。

親戚たちの集まりで何度か顔を合わせているが、腰までのフワフワとした茶髪《ちゃぱつ》がトレードマークの美少女だ。ビスクドールのように整った顔は愛されて育った人間特有の傲慢さが見え隠れしているが、それが美夢をさらに輝かせる魅力となっているのだから不思議だった。きっと、自分が誰からも愛される存在であることを彼女がほんの少しも疑《うたが》っていないせいだろう。

同年代の親せきたちの中でも群《ぐん》を抜いておしゃれな美夢だから、今日の真っ白いワンピースも美少女然《ぜん》とした雰囲気によく似合っていて、下手なアイドルよりよほど可愛かった。そのせいで彼女を取り巻くようにちょっとした群衆が出来ているが、当の本人は色めき立っている男たちに囲まれても気にもしていないようだ。通りすぎる人波を眺《なが》めながら不機嫌そうに唇を尖らせている。

相変わらずだなぁ。

潤はそんな美夢に微苦笑《びくしょう》する。

美夢にとって関心のない人間は少しもその目に入らないらしい。

実はそれは潤も経験済みで、昔から集まりがあっても彼女は潤に話しかけたりすることはほとんどなかった。彼女の言葉によると、自分は特別で、だから自分に何らかの益《えき》を生む人間以外は興味がないらしい。潤など空気扱いで、目の前にいても挨拶ひとつしないことがほとんどだ。もっとも、そんな親せきたちの集まりに潤の出席が許されること自体稀《まれ》なのだが。

美夢のような選民的《せんみん》気質は少し姉の玲香に通じるところがあるけれど、彼女と姉とでは貫禄《かんろく》が違う。美夢の気まま勝手なふるまいを見ていると、玲香というよりも祖母に似通《にかよ》っている気がして、潤は少し苦手としていた。

そんな美夢が何のためにこんなところに立っているのかはわからないが、潤としては関わりたくない相手だ。美夢からしてみても人前で潤に声をかけて欲しくはないだろう。

だから、早く通りすぎようと足を急がせたとき。

「あー、潤くんっ」

まさにその美夢の、鼻にかかったような甘ったれた声が聞こえてぎょっとした。

振り返ると、美夢が潤に向かって歩いて来るところだ。しかも、今まで潤が見たことがない笑顔が浮かんでいた。

美夢の激変といってもいい態度に、潤は恐れるように後ろに下がってしまう。

「…ってぇ」

が、その突然の動きで誰かの足を踏んでしまったらしく、背後で声が上がった。

「あ、ごめんっ」

とっさに振り返ったが、潤の顔は瞬時にこわばりつく。先ほど教室で潤に怒声を浴びせた体格のいいあの男だったからだ。

男は、精悍な顔にムッとしたような気配を漂《ただよ》わせて潤を見下ろしてくる。

また、あんたか。

そんな声が聞こえてきそうだった。

「ごめんっ。あの、大丈夫？」

「何で無視するのよ。待ってたんだから、ちゃんと声をかけなさいよね」

潤がもう一度男に謝罪したのと、美夢が潤の腕を摑んでくるのは同時だった。

それを見て、男の顔に蔑《さげす》むような色がにじんだ気がした。潤が怯《ひる》んだのを見てさっと表情を隠してしまったが、男はもう潤など相手もせずに歩き去っていく。その取り付く島もない様子は、潤からは謝罪さえ欲しくないという強い拒絶に思えた。

「ちょっと、こっち見なさいよっ」

あっという間に消えていく大きな背中に潤はため息を嚙んで、美夢を振り返った。美夢はアヒルのように唇を尖らせている。

「ごめん。まさかおれに用があるなんて思わなかったから」

「用があるから、潤くんを待ってたんじゃない」

潤より数センチ低いところにある美夢の目に呆れたような光が浮かぶ。

「あの……ごめん」

反論していい気もしたけれど、美夢の勢いには勝てない気がした。

それに、親せきたちから大いに可愛がられている美夢の立場は本家の長男である潤より遥《はる》かに上で、何かあれば叱責《しっせき》を受けるのは潤の方であるのは火を見るより明らかだ。実際、潤の父親である正でさえ潤より美夢を可愛がっているくらいなのだから。

そんな美夢に刃向かう方が間違っているのだと潤は諦めることにした。

「それで、おれに用って何？」

用件を済ませてさっさと立ち去ろうと潤が尋ねると、それまでの見下したような表情がぱっと笑顔に変わった。

「あ、先にケーバン交換しよ。もう、潤くんの居場所がわからなくて調べるのに苦労したんだから。感謝してよね、こんなところに美夢を三十分も立たせるなんて」

急《せ》かされて、潤は美夢の携帯電話と赤外線通信を交わす。それを満足げに見下ろして、ようやく美夢が用件を切り出した、が。

「ね、ね。潤くんってさ、今タイセイのところに同居させてもらってるんだよね」

突然出てきた恋人の名前に、潤はぎょっとする。

「それって、やっぱり玲香さん繋がり？　この前のユースコレクションに潤くんが出演してたのも、あのタイセイに同居をお願いしたのも、玲香さんが頼んだからなんでしょ。もしかして、玲香さんとタイセイって付き合ってるの？」

聞かれて、潤はその勢いに後ずさるが、そんな潤にさらに美夢はつめ寄ってくる。タジタジになりながらも潤は何とか違うと首を振った。

「付き合ってない？　それって本当だよね。美夢に嘘ついたら許さないんだから」

何で睨まれなきゃいけないんだろうと困惑しながらもう一度否定すると、ようやく美夢は身を引いてくれた。胸の前で両手をあわせ、うきうきと体を揺らし始める。

「よかった。玲香さんが恋人だったらさすがに少し難しいかなって思ってたから。じゃ、大丈夫だよね」

「あの、何が？」

こわごわ潤が尋ねると、美夢はとびっきりの笑顔で言った。

「美夢、タイセイの恋人になるつもりだから。潤くん、協力してね」

「ええっ」

「あーあ、今までのほほんと生きてきた時間がもったいないって思うよ。こんな近くに運命の人がいたなんて思わなかった。潤くんも、どうしてもっと早く教えてくれないかな。あんなかっこいい人がユースコレクションに出るって知ってたら、会場まで駆けつけてたのに」

「ちょっと待って、美夢ちゃん」

とんでもない爆弾を落とされて動揺したが、美夢が潤の制止を聞くはずもない。

「うちのママがさ、潤くんがまたとんでもないことやってるって、ネットで流れてたやつを録画したのね。あ、お祖母さまに見せるためよ？　それ、家族でも見たんだ。ママたちはびっくりしてたけど、美夢はタイセイに夢中になっちゃった。だって、タイセイがすっごいかっこよかったんだもん。あんなかっこいい人が日本にいたなんて知らなかったよ」

きゃーと黄色い声を上げて赤くなった頰を押さえている美夢だが、潤はどう反応すればいいかわからなかった。

話をまとめると、この前開催されたコレクションの映像を見て、美夢は泰生のファンになったらしい。けれど、お盆に屋敷に来たときは芸能人の誰だかを紹介してと美夢からしつこく迫られたと、姉の玲香が辟易《へきえき》していた覚えがあるが、それはどうなったのだろう。

「ね、ね。潤くんって今から帰るんだよね？　美夢も一緒に行くから、タイセイに会わせてよ」

カラーコンタクトだろうグレーの瞳に媚《こ》びをにじませて、美夢が可愛らしく首を傾げた。

「いいでしょ？　今、タイセイのとこに住まわせてもらってるんだから」

「いや、でも……」

「潤くんってさぁ、屋敷を追い出されたんだってね。大胆なことするよね、あんなショーに出るだなんて。お祖母さまが激怒するのはわかってるじゃない」

さっきから話がぽんぽん飛んで、潤は少しもついていけない。

「でもママは大喜びしてたよ、これで潤くんの後継案はなくなったって。どんなに潤くんが頭よくてもさ、あのお祖母さまを怒らせちゃったらムリだもんね。でも、いいじゃない。それでタイセイなんてステキな人と一緒にすごせるチャンスが巡《めぐ》ってきたんだから。これを機に、潤くんも少しはタイセイを見習ったらいいよ」

「美夢ちゃん、だからちょっと――」

「タイセイのこと知ってさ、すぐに潤くんに連絡したんだよ。でも、潤くんは勘当されてもう屋敷にいないって聞いてさ、でも玲香さんなら知ってるって言われて、じゃあって玲香さんに連絡取ったんだ。でも、教えてくれないの。ひどいよね。あの人って昔から偉ぶってるとこあったけど、今回ばっかりは美夢もムカついちゃったよ。元々苦手だったけど、もっと嫌いになったし」

「……それじゃ、どうして美夢ちゃんはおれが泰生のところにいるって知ってるの？」

頭が痛くなるような美夢の話を何とか咀嚼《そしゃく》して、潤はそれを尋ねた。

「うふふ、調査会社に調べてもらったんだよ。パパが使ってるとこにお願いしたんだ。だってタイセイのこと、本気で好きになっちゃったんだもん」

すごいでしょ、と得意げに言う美夢に、潤は薄ら寒ささえ覚えた。そんな潤に気付かず、美夢はふわふわの髪を指に巻きながらまたしゃべり始める。

「でも、タイセイのことを調べようと思ったら途中でストップかかっちゃって、あんまり詳しく調べられなかったのが残念だな。あ、でも潤くんがこの予備校に通ってるのは簡単にわかったよ。だったら、潤くんの方を調べてタイセイに近付こうって思ったんだ」

タイセイってそんな謎なところもいいよね、なんてはにかむ美夢は自分がどんな非常識な話をしているか気付いていないのか。

「そういうわけで、潤くん経由でタイセイのマンションはわかったんだ。だから、最初はマンションで潤くんを待とうかって思ったけど、あそこってセキュリティが厳しそうだったんだよね。それに、最初の出会いって大事でしょ？　潤くんのイトコで遊びに来ましたって出会ったほうが絶対ステキだと思うよね」

「美夢ちゃん、あのさ」

「あ、だからタイセイに会う前にどっか化粧室に寄るから。三十分も待たせるから髪もぐしゃぐしゃなんだからね、化粧も落ちてる気がするし――」

「待って、美夢ちゃん、ちょっと待ってくれないか！」

美夢の中で、これから泰生に会うことはもう決定事項のようだ。

だからこそここではっきり言わなければと、潤は自分でも強引すぎるくらいに美夢の話を遮《さえぎ》った。美夢からはひどく気分を害したような顔をされたが。

「悪いけど、美夢ちゃんをこのまま泰生のマンションに連れては行けない」

「ええ、何言ってるの、潤くん」

「おれは確かに泰生のマンションに世話になっているけれど、だからこそ、お世話になっているところに約束もなしに知らない人を連れては行けないよ」

「知らない人じゃないじゃない。潤くんのイトコなんだし、美夢は」

あっけらかんと言い放った美夢だが、潤はここで怯んではいられなかった。

「でも、泰生にとっては知らない人だよ。だから、連れては行けない」

泰生は世界で活躍するトップモデルだからこそ、そんな自分を利用しようと近付いてくる輩《やから》には日頃から迷惑していた。砂糖に群《むら》がる蟻《あり》のように近寄ってくる名ばかりの友人知人、迷惑も顧みずマンションまで押しかけてくるファンたちに辟易している。

ここで美夢の勢いに負けてしまったら、自分もそんな人たちと何ら変わらないことになる気がした。泰生に迷惑はかけられない。自分のせいで、泰生の心労《しんろう》を増やしたくはなかった。

「ちょっと。潤くんのくせに、何その言い方！」

まさか潤に拒否されるとは思わなかったのか、美夢はひどく怒った顔をして食ってかかってくる。

「知らない人でも、美夢だったらいいに決まってるじゃない。それに何のために美夢が潤くんに声をかけたと思ってるの？　そういう面倒くさいの全部すっ飛ばすためじゃない。普段何の役にも立たないんだから、こんな時こそ美夢の役に立ちなさいよっ」

「でも、ダメなんだ。あの、だから――」

何を言ったらわかってくれるだろうか。それともわかるつもりは美夢にはないのか。話がまったく通じない美夢にさすがに困ってしまう。

しかも、美夢は勢いに任せようというのか、通りを行くタクシーをさっさと停めてしまった。

「ほら、もうごちゃごちゃ言わないで、今から行くからね。潤くんのせいでよけいな汗かいちゃったじゃない」

どこまでも自分ペースの美夢に、潤は何だか恐ろしくなった。

このままじゃダメだ。

美夢にはとても敵《かな》わない――。

「ごめんっ」

ひどいとは思ったけれど、身を翻《ひるがえ》して走り出す。

「あ、潤くんっ」

タクシーに乗り込んでいたために美夢は追いかけてこられなかったようで、角を曲がってそれを確認してようやく潤は安堵のため息をついた。けれど、すぐに携帯電話が鳴り出す。

『潤くん、信じらんない！　何で勝手に行っちゃうの？　美夢、どうすればいいのよっ』

耳をつんざくような甲高い声に、思わず首を竦めた。

「ごめん。でも、ムリなんだ。諦めて欲しい」

『はぁ？　何その上から目線。諦めて欲しいなんて、美夢のやることに潤くんなんかが口出ししないで。それよりさっさと戻ってきなさいよ。お祖母さまに言いつけるからねっ』

最後の威《おど》し文句は確かに効いた。昔の自分だったら美夢の元へ取って返していたかもしれない。けれど今、胸は震えていたけれど、その言葉はもう潤の気持ちを拘束する呪文《じゅもん》にはなり得なかった。

「本当にごめん……」

潤はそっと通話を切る。それから何度も美夢から着信が入ったが、取らなかった。いや、取れなかった。

震え続ける携帯電話を、申し訳ない気持ちで見つめる。

美夢とは今までまともに話したことがなかったから、あんな性格をしていることを初めて知ったが、携帯電話の番号を教えたことは少しまずかったかもしれない。もっとも、潤のことは調べたという話だから、逃げようがないのかもしれないが。

明日も予備校の前にいたらどうしようか。

潤は肩を落としてため息をつく。

世界で活躍する泰生だが、ここしばらくは国内で仕事をしたせいか、日本でのにわかファンが急増していた。泰生の痛烈《つうれつ》な拒絶もなんのその、集団で押しかけてくる女の子たちによってもみくちゃにされたことは一度や二度じゃない。そんな女の子たちに弾かれて潤が危うく転びそうになったときには、泰生が大激怒していた。

それがあったからか、泰生も最近は身辺に神経質になっている。

そんな泰生の心労を、自分が増やせるわけないじゃないか……。

泰生に相談しようかと思ったけれど、だからすぐに思い直した。

それに泰生に甘えすぎないと、つい先日誓ったばかりだし。

「おれが防波堤《ぼうはてい》となって食い止めるんだ」

呟いて、うんと頷く。

それにしても、祖父母は相当怒ってるみたいだな……。

さっき美夢が言っていたことを思い出しながら、潤はようやく歩き始めた。

もしかして、潤のひとり暮らしがなかなか先に進まないのは、そんな祖父母の怒火《どか》が関係しているのかもしれない。

外国人の母を毛嫌いしていた祖父母は、その血を引く潤にもきつく当たってきた。潤が何をしても気に入らないと文句を並べ立て、時にいわれもなく蔑まれた。母を思わせる髪は黒く染めさせられ、似ているらしい顔は上げるのさえ咎《とが》められるように。

潤の存在自体が祖父母の気持ちを波立てるもので、それはきっと潤が傍《そば》にいる限り今後も繰り返されるだろうと、姉の玲香は心配してくれたのだ。だから、離れた方がいいと潤のひとり暮らしを推奨《すいしょう》してくれたのだけど。

玲香が任せてくれと言ってくれたから任せきりになっていたことに、潤は今さらながらに反省する。いくら祖父母のお気に入りの玲香でも、怒りの度合いが強すぎて難航《なんこう》しているのかもしれない。もしかして、祖父母の激しい憤《いきどお》りを玲香は一身に受けているのではないか。

父からも反対されていることを先日知ったし、玲香に連絡してみようかな……。

ようやく美夢からの執拗《しつよう》な連絡が途絶えて、潤は思い立つ。しかし、あいにく玲香の携帯電話には繋がらず、潤は留守番電話に用件を吹き込むことにした。

玲香も最近は本格的にモデルの仕事を始めていて、人気は上々。仕事も忙しいぐらい入ってきているらしい。

今日の夜にでもコールバックしてくれるだろうか。

「この前みたいに早朝にかかってきたら、泰生はまた怒るだろうな」

早朝ロケの仕事が入っていたとかで、休日の朝に玲香の電話で起こされたときは、泰生が潤の携帯電話を奪い取って電話先の玲香と大ゲンカをやらかしていた。もっとも朝といっても八時は回っていたのだが、前日は遅くまで泰生と二人イチャイチャしていたせいで、確かにあの時間でも少しつらかったのは事実だ。

思い出して苦笑していた潤だが、すぐ隣に車が停まった気配がしてハッとした。

美夢が追いかけてきた？

顔をこわばらせて視線を上げたが、停まっていたのはさっき美夢が乗ろうとしていたタクシーではなく、黒塗りの車だった。

不審に思っていると、運転席から降りてきたのはスーツ姿の壮年の男。

「橋本潤さまでいらっしゃいますね」

シルバーフレームのメガネをくいっと上げながら、潤に確認を取ってくる。潤が返事をすると、よろしいとばかりに頷かれた。

「社長が、あなたさまとお話がしたいと申しております。一緒に来ていただけませんか」

それはお願いの形を取っていたが、潤の耳には命令に聞こえた。

「あの、社長というのはどなたでしょうか」

「失礼いたしました。榎幸謙《こうけん》さまでいらっしゃいます」

その名前にハッと息をのむ。

夕日を受け、男がかけているメガネにオレンジ色の夕焼けが輝いていた。そのせいで、男が今どんな表情を浮かべているかはわからない。

思い起こせば、先日の朝レストランで会った泰生の父——幸謙に話しかけていた秘書はこの人ではなかったか。

「いらしていただけますか？」

後部座席のドアを開けられて、潤は唇を噛んで歩み寄る。潤が車に乗り込むと、運転席へと回った男は十津川《とつかわ》と名乗った。

大きい車のせいか、走り出しても振動ひとつ感じない。車内があまりに静かすぎて潤にはひどく居心地が悪かった。

しかも、泰生の父親が潤にいったい何の用があるのかわからなくて、気持ちがどんどん乱れ騒いでいく。

不安で、心配で、胸が苦しい——。

「あの、泰生は…泰生さんも呼ばれているんでしょうか」

今夕は仕事でパーティーに出席する予定だった泰生だが、もしかして一緒に呼ばれているのか。

泰生から何か連絡が入ってないか、携帯電話をチェックしながら尋ねてみるが。

「橋本さまがおひとりでは不安だとおっしゃるのでしたら、今からお呼びいたしますが」

返ってきたのは痛烈な皮肉で、潤は顔が熱くなる。

「いえ……大丈夫です。あのっ、それじゃ、いったいどのようなお話でしょう、泰生…さんのお父さんがおれに話があるなんて」

運転席に座る十津川はしばらく無言だったが、赤信号で停車したタイミングでバックミラー越しに冷たい視線を送ってきた。

「——あなたが泰生さまの恋人でいらっしゃるというのは本当でしょうか?」

ぎすぎすとした口調に潤はみぞおち辺りがしんと冷たくなる。

話というのはやっぱり泰生との付き合いについてか。

「反対されているんでしょうか」

「歓迎されるとお思いですか？　ただでさえ男同士という白眼視《はくがんし》される関係であるのに、あなたはまだ学生という身分。世間に知られたら泰生さまが非難を浴びることは明白。あの方のお立場にどれほどの差し障《さわ》りがあるか」

辛辣《しんらつ》なセリフだが、十津川の言うことはもっともで、潤は唇を嚙んで話を聞いた。冷房がきついのか、冷え切った指先を何度も擦り合わせる。

「あなたはご存じではないのでしょうが、榎家は元をたどれば皇族妃も出したことがある名家。そんな中で本家の長男でいらっしゃるのが泰生さまなのです」

あっと思った。

以前、泰生も口にしたことがある。

『おれのオヤジがその格式の高いって家の出で、形式ばっかり重視するような親せきがうるさいのなんのって』

本当に環境自体がとても似ていたんだな……。

けれど、泰生はそれに負けなかったんだ。

家に縛られず、力ある両親を持つゆえのさまざまな呪縛《じゅばく》からも抜け出し、自分自身の力だけで成功したのだから。

こんな時ではあるが、改めて泰生がすごい人だったのだと頼もしくなる。

そんな潤の心境を知ってか知らずか、十津川は威圧的な眼差しで潤を睨むと、青になった信号に車を発進させる。

「格式ある榎家ですから、泰生さまがモデルとして活躍されているのさえよく思わない人も大勢います。ここしばらくはずいぶん大人しくされていらっしゃいますが、あの方が派手に浮き名を流されることも、そして男女構わず恋人を作られることも、榎家では醜聞《しゅうぶん》として広まっているのです。この上、あなたのような方と付き合っていることが知れたらと思うと、私はゾッとしてなりません。泰生さまにとってどれほどの汚点になるか」

弾劾《だんがい》するような口調だった。

はっきりとした嫌悪がその声から感じ取れた。

けれど、それよりも何よりも潤は十津川の話す内容がショックで顔が青ざめていく。

「――近い将来、あの方は榎家から絶縁を受けるかもしれません」

最終通告のようなそれに、潤の体は小さく震え出した。

男同士であることを、もう潤は受け入れていた。潤にとって、泰生は男女関係なく初めて好きになった人だ。泰生の姿形も確かに好きではあるけれど、それ以上に泰生の心や魂といった部分に潤は強く惹《ひ》かれたような気がする。

だから泰生が今の姿でなくても――例えば泰生が女性であったとしても、老人であっても、子供だったとしても――泰生が泰生であれば潤は好きになっただろうと断言出来る。それだけ泰生の本質の部分を深く愛しているのだから。

しかし、同性同士の恋人関係だから、世間ではおおっぴらには出来ないのもわかっていた。

男同士であるのを毛嫌いする人たちは確かにいるし、親という立場からしてみれば、同性の恋人というのは許せないことかもしれない。

しかも、潤はまだ学生という何かと制限のある身だ。

「社長のお話もきっと同じ件でしょう」

十津川はそう言って話を締めて、潤を一層不安に陥《おとしい》れた。

車は、夕闇の色が濃くなった街をひた走っていく。その車内で、潤は真っ青な顔色で震えていた。

泰生の父からもっと深刻な話を聞かされたらどうしよう。別れるように言われたら、自分はどうしたらいいのか。

泰生と別れる？　いや、別れられるわけがないっ。

潤は何度も首を振る。

そんなことは出来ない。潤にとって、泰生はもうなくてはならない人なのだから。泰生を失ったら、きっと生きてはいけないほど自分は泰生に傾倒《けいとう》しきっている。

けれど――…。

きりっと、奥歯が軋《きし》る音がする。

先日、ホテルのレストランで父親と会ったとき、ずいぶん仲よく話していた二人の姿を思い出す。あんなに親密な家族関係を自分という存在で壊してしまったらと思うと、それもたまらない気がした。

泰生、泰生、泰生——っ。

泰生に今から縋り付きたい気持ちだった。

やはりひとりでは不安だ。でも、泰生が傍にいてくれたら自分はいつだって前向きになれるから、泰生に来てもらったら——。

「そんな怖がられなくてもよろしいんですよ、橋本さま」

ふいに、十津川が今までとは一転してひどく優しい口調で話しかけてきた。

「社長も、ムリに橋本さまにおいで頂くようにとは申しておりませんでしたし、お嫌だということでしたらこのまま帰られても結構ですよ。もちろん、ここまでご足労《そくろう》をおかけしたお詫びは十分にさせて頂きます」

「え、あの……」

先ほど車に潤を誘導した際の、十津川の強引さとは正反対のセリフだった。

「考えてみれば、橋本さまもお困りですよね。軽い気持ちで付き合った相手なのに、こんな深刻な話しあいの場に突然呼ばれるなど」

「え……」

「橋本さまはまだお若い。気持ちも容易に揺れ動くお年頃でしょう。今は少し特殊な関係性に夢中になっておられるのかもしれませんが、そんな思いなど一時のことですよ。周囲の誰からも祝福されない恋愛関係などみじめなものですから。今日は、このままお帰りになって少し考えてみられてはいかがですか？　社長には私からそう申しておきますから」

彼はいったい何を言いたいのだろう。

潤は怪訝《けげん》そうに眉をひそめて、前を向いたままの十津川を見る。潤の学校にいる理系の教師のような取っつきにくい鋭利《えいり》な顎が、何かを思い出したようにわずかに上がった。

「あぁ、橋本さまには可愛らしい女性の恋人もいらっしゃったようで、こちらとしては少し安心しました。先ほどはたいそう親しげなご様子でしたね、もうずいぶん長い関係でいらっしゃるのでしょう？　泰生さまと二重の関係を持たれていたというのは少し心外《しんがい》ですが」

「えっ、いえっ、彼女は……」

さっきの、美夢との一件を見られていたのだろう。だから、あんなタイミングよく潤の前に車を停めたのだ。きっと美夢同様、潤のことは何から何まで調べているに違いない。

「もちろん、新しい情報としてこの件については社長にも報告させていただきます。社長はきっとひどくご立腹なさると思いますが、私と致しましては少し安心しました。橋本さまも、泰生さまが今までお付き合いなさっていた方々と何ら変わらない浮ついた方なのだ、と」

「あのっ」

「さて。お送りするのはご自宅でよろしいですか？　橋本さまのご自宅は確か――」

十津川が口にした住所は、潤が勘当を受けた本家屋敷のものだった。

この瞬間になって、ようやく十津川の意図が読めた。

潤にとって、泰生との付き合いなど若気のいたりのあやふやなものだろうと揶揄されていたのだ。泰生との関係を今すぐ解消しろと、暗に脅《おど》されたも同然だった。

けれど、それに気付いたことによって潤の覚悟は決まった気がした。

そうだ。自分にとって泰生がどんな存在かはきっと口にしないと伝わらない。泰生との付き合いは、潤にとってはすべて。それを十津川はわざとかもしれないが、どうせかりそめの恋愛感情だろうと口にした。潤がまだ学生であるから信用されない部分もあるのだろう。

だったら、それを伝えたい。

泰生への気持ちは誰かに言われて揺らぐような不確かなものではない。たとえ、泰生の父親からどんなことを言われようと、自分の気持ちは変えられないのだ。だからこそ、罵詈雑言《ばりぞうごん》を吐かれたとしても潤は甘んじて聞かなければいけない。

これはおれの問題だ。泰生に甘えてことを済ませようなんてしたらいけないんだ……。

泰生に助けてもらおうかと思っていた気持ちもすっかりなくなってしまった。

そもそも、泰生は今日は仕事上の大事なパーティーに行っている。そんな泰生を呼び出すことなど元より潤には出来なかった。

「十津川さん、さっきの女性はおれのイトコです。ですから、恋愛関係にある女性ではないことを訂正しておきます。おれは泰生だけが好きですから」

はっきりと潤はそれを告げた。バックミラーに映る十津川の眉がぴくりと動くのを見た。が、潤は続けて口を開く。

「このまま行って下さい。おれは泰生のお父さんの――榎さんのお話を聞きます」

自分がこんなに低い声が出せたことに少しだけ驚いた。強い決意がこもった声だった。

十津川はあからさまなため息をひとつついたが、もう何も言わず、車を走らせる。

以降、車内は沈黙に包まれた。


連れて行かれたのはいわゆる料亭《りょうてい》と呼ばれるところだった。

十津川の手から料亭の女将《おかみ》に引き渡された潤は、長い廊下を歩いてとある一室へと通される。

離れだというそこは雰囲気のある日本家屋だった。潤の実家に建つ和館と同じような造りであるのに、どこか艶っぽい感じを覚えた。

「幸謙さん、お連れさまがいらっしゃいましたよ」

なれた間柄なのか、女将が親しげな口調で障子《しょうじ》越しに声をかけると、中から返事があった。

「さ、どうぞ」

障子が開けられ、先日会った泰生の父――幸謙が座っているのが目に飛び込んでくる。

若い頃はさぞやと思われる魅惑的な雰囲気そのままに、年を重ねた貫禄と渋みを加味した男性は、潤から見てもとてもかっこよかった。

「橋本潤くんだね。榎幸謙という。先日会ったから知っていると思うが、泰生の父親だ。まぁ、座ってくれ。女将――」

「はい、すぐにご用意します。お食事は一度にお持ちしてよろしいんでしたね」

そんな感じで始まった幸謙との対面は、思っても見なかったほど和《なご》やかに進んでいった。

泰生との別れ話があるのではと戦々恐々《せんせんきょうきょう》としていた潤だが、幸謙はそんな様子などおくびにも出さず世間一般的な話題で座を盛り上げ、また料理を勧《すす》めてくる。

もちろん、潤自身はガチガチに緊張していた。勧められるから懸命に箸《はし》を進めるけれど、この後に待っているだろう話が気になって、まともに料理の味もわからなかった。

食事もようやく終盤に差しかかった頃、ようやく幸謙が「さて」と切り出す。

「君は息子と付き合っているそうだが……」

そう問いかけられ、潤はびくりと体を竦ませた。けれど、すぐに箸を置き居ずまいを正す。

泰生とよく似た黒い瞳を息をつめて見据えた。

「はい。おれは泰生と…泰生さんと本気で付き合っています。同じ男同士ですが、男女間と同じように真剣に恋愛しています」

「男女間と同じように真剣に、ね」

笑みの消えた幸謙の顔は、会社のトップに君臨《くんりん》するにふさわしい威厳《いげん》を保ち、ダメなものは容赦《ようしゃ》なく切り捨ててしまうような冷酷《れいこく》さがあった。

威容《いよう》に臆《おく》した潤だが、背筋を伸ばすことで必死に抵抗する。

「橋本くん、男同士という恋愛は異質なんだよ。君が考えているよりずっと障害が多いだろう。泰生は男女構わず恋愛をするが、だからといって泰生が男の恋人を作ることに私が賛成しているわけではないんだ。今のところ、自由な業界にいるせいで泰生のセクシャリティを重要視する人間はさいわい少ないが、これから先マイノリティゆえの非難も当然受けることがあるだろう。出来るなら、困難だとわかっている道は歩いて欲しくない。もちろん、私も親として孫の顔が見たいなんていう、まっとうな思いがないこともない」

幸謙の発言に、潤は唇を噛みしめる。

感情的でないがゆえに、その冷静な発言は潤の心を大きく揺り動かした。親としてしごく当たり前の感情であり、願いだ、とひしひし伝わってくる。

そういうふうに攻めてこられるのが一番こたえるかもしれない。

「君だって、女性と恋愛できないわけではないのだろう？　秘書の話では、ここに来る前に可愛らしい女性とずいぶん親密な様子だったらしいね。イトコという間柄だったら、男同士よりよほど祝福される関係性だよ。君はまだ若い。この先いくらでも魅力的な女性が現れるだろうし、今ここで泰生を唯一の人間だと決めつけなくてもいいのではないかな」

厳しくも静かな声だった。淡々とした口調からは歓迎されない気持ちは伝わってきたが、不思議と先ほどの十津川のような嫌悪や憎悪は潜《ひそ》んでいなかった。

だから、潤も怯まずにいられたのかもしれない。

「――確かに、おれは今まで誰かを好きになったことはありません。泰生が初めての恋人です」

静かに話し出した。

「おれは、こんな異質な容姿ですから家族からも認められずに生きてきて、でもそれを今まで何とも思ったことはありませんでした。寂しいとも悲しいとも、苦しいとも。それはおれにとってしごく当たり前の日常だったので、そうして無意識に感情をシャットアウトしないと生活出来なかったからだと思います。だから、今榎さんが父として泰生を大事だとおっしゃるのがとても羨ましいです」

潤の話に幸謙はわずかに眉を寄せた。

「でも泰生に会ってからは、本当に色んな感情を知りました。思わず笑ってしまうような楽しみも胸が震えるような嬉しさも、もちろん、苦しかったり悲しかったりというマイナスの思いもたくさん知って、嫌だなって思ったこともあります。でもそれよりも何よりも、誰かをこんなにも深く好きになれるんだってことが一番教えられたことだと思うんです」

「あいつはそんなたいそうなヤツかな」

幸謙が不思議そうに言う。当惑した表情は幸謙の顔から厳しさを消し飛ばしていた。そんな幸謙を見て、潤はしっかりと頷く。

「はい。泰生はおれの世界を変えてくれた人です」

泰生と出会い、その人柄を知るごとにぐんぐん気持ちが彼へと傾いていった最初のころ。泰生に振り回されてしまうことに困惑しながらも、少しも彼と会うことをやめられなかった。

そして、泰生と触れあうごとに自分の中に生まれる感情、表情、言動、身振り——それは必ずしもいいことだけではなかったけれど、それでも潤は知らないときに戻りたいとは思えなかった。

泰生に教えられたことも自分に生じた変化も、もうなくてはならない大切なものだと思えるからだ。泰生の存在を、潤の中から決してなくせないように。

「だから、祝福される関係だから誰かを好きになるとか魅力的な女性だから好きになるとか、おれにはありえません、これから先もずっと。泰生はおれと同じ男性ですけど、きっと泰生が泰生であれば姿が変わってもおれは何度でも好きになります。泰生が同性であることはおれにとってあまり重要ではないんです、おれは泰生という存在そのものに惹かれたのだから」

たどたどしく途中引っかかったりしながらも、潤は自分の気持ちを一生懸命伝えた。けれど、幸謙の目がほんのわずか痛いように眇められたから、潤は慌てた。

そうだ。孫の顔が見たいって言ってたんだ……。

それを思い出して、潤は一瞬にしてパニックを起こしかける。

「あの、だからすみませんっ。おれは泰生を好きだから別れることは出来ません。男同士の恋愛ということで今後何らかの障害が待ち受けていたとしても、泰生を失う以上に怖いことなんてないので、何とか出来ると思います、いえ、何とかします」

「しかしね――」

苦々しく相づちを打つ幸謙に、潤は膝《ひざ》に置いた拳《こぶし》をぎゅっと握った。

「すみませんっ、でも許して下さいとは言いません。きっと榎さんにとって泰生は大切な息子さんで、本当はきちんとした道を歩んで欲しいと思っていらっしゃるのでしょうから、許してもらおうなんて……」

「いや……いや、そんなことを思ったわけでは――…」

途中言葉を濁《にご》してまた黙り込んでしまった幸謙を、潤は祈るように見つめた。そんな潤をちらりと見て、幸謙はため息をつく。

「罪作りだな、あいつは。こんな純粋な子を――」

けれどすぐに、閉塞《へいそく》した雰囲気を払拭するように空咳《からぜき》をした。

「なぁ、橋本くん。確かに泰生と出会ったことで君の世界は大きく変わり、そのきっかけを作った泰生を好きになった気持ちもわからないではない。でも、それは俗にいう刷り込みとは違うのかな？　さっきも言ったが、君はまだ若い。私からみれば、頼りなくてしょうがないよ。きっとこれから色んな人に出会い、色んな経験をするだろう。もしかしたら、泰生以上に惹かれる人が出てくるかもしれないんだよ。なのに今の君は、私からすると泰生が一番だと思い込みすぎて視界を狭めているように思えるんだがね」

「それは……」

潤は少し考え込む。

「それはいけないことなんでしょうか」

そして答えた。

「人を好きになるきっかけなんて、きっと人によってさまざまで、その中でおれは刷り込みだったにすぎない――そう思いたいです。ひと目ぼれって、ありますよね。きっとおれは泰生にひと目ぼれしたんです。だって、出会ったとき、本当にキラキラしていたんです、泰生は」

泰生と出会ったときのことを思い出すと、潤の顔に微笑みが浮かぶ。

書店で万引《まんび》き犯に間違われ、警備員に強制的に連れて行かれようとしたあの時、泰生だけが助けてくれた。だから一層キラキラして見えたのかもしれない。トップモデルの整った容姿にも驚いたが、泰生が放つあでやかなオーラに圧倒されたことを今でもよく覚えている。

「榎さんのおっしゃる通りおれはまだ人生経験が乏しいし、人にもそう多く出会っていないと思います。だから、きっと未熟に思えるかもしれませんが、おれは本気で泰生を愛しています。この先どんなステキな人と出会っても、泰生以上に惹かれる人なんて絶対いない」

潤の話に耳を傾けてくれていた幸謙が、少し決まり悪そうに苦笑している。呆れているような困っているような――よく泰生も同じ表情を浮かべるのを思い出し、潤はしばし見入った。

「君は、何て言うか……。いや、そうだね。君の本気を疑ったことは謝ろう。だったらなおさら君にはもう一度考えてもらいたいんだ。あいつは――まぁ、親の私が言っては何だが――あの派手な見かけ通り、その付き合い方もずいぶん賑《にぎ》やかでね。気持ちも変わりやすい不埒《ふらち》なところがある。そんな泰生を信じすぎて泣くのは君なんだよ」

気付けば、幸謙は年長者が幼い者を諭《さと》すような表情を浮かべていた。幸謙の心配と優しさが伝わってくるようで、潤は胸が熱くなった。

けれど、潤はそっと目を伏せる。

それでも、おれは――…。

「泰生を好きでいたいです」

泰生が華やかな世界で生きていることには潤も時に戸惑うことがある。テレビで見るような人から電話がかかってきたり、ニュースになるようなパーティーに当然のように出かけていったりするのだから。

「泰生が自由な人だというのはおれも知っています。彼が今まで色んな人を好きになって、短いスパンで恋人を替えていたことも。でも、それでもおれは泰生を好きでいたいんです。泰生がいつかおれのことをいらないと言うまで、おれは泰生と付き合っていたい」

「橋本くん、それはあまりに――」

潤の言葉に、顔をしかめて幸謙が身を乗り出してくる。が、潤は待って欲しいというように幸謙と視線をあわせた。

「実はつい最近までそう思っていました。でも最近は――少し違うんじゃないかな、と思えるようになってきたんです」

それでも、まだあまり自分の中でも整理出来ていないのだが……。

少しだけ不安げに幸謙を見ると、彼は言いたいことはすべて話せばいいとばかりに肩を竦めて視線を和らげてくれる。それに励まされて、潤は言葉を継ぐために唇を湿らせた。

「昔、泰生の言葉に救われたことがあるんです。『おまえは、おれにとって唯一無二の存在だ』って言葉です」

母に似すぎている自分なんて消えてしまえばいい――トラウマからちょっとしたパニックに陥ったことがあった。その時、潤を抱きしめて落ち着かせてくれた泰生が言った言葉だ。

「その時は、小さい頃からずっと否定され続けていた世界で、自分のことをそんなにも強く求めてくれる人がいるのだと救われた気がしたし、泰生の中でそれだけおれが特別な存在だということも嬉しかった。でもそれは移りやすい泰生の今の気持ちを単に教えてくれただけで、その思いの強さがこれから先も持続するとは決して思っていませんでした」

泰生を裏切るような発言だが、そう心にとめておかないと、いざ泰生の気持ちが離れてしまったときに泰生を恨んでしまいそうだったから。あの時、あんなふうに言ったじゃないかと追い縋ってしまいそうで。

けれど——。

潤はぎゅっと唇をきつく左右に引き絞ってから口を開いた。

「最近、おれは泰生のその言葉を信じていいかもって……。泰生がおれにかけてくれる言葉だったり、言葉にせずに見せてくれる態度だったり、寄せてくれる視線や気持ちの入ったしぐさで、おれに信じさせてくれるんです」

泰生に大切にされている、唯一無二だと言ってくれた深い思いそのままに——。

そう思うのはうぬぼれだろうか。

潤はもう一度考えて、違うと首を振った。

泰生は確かに気持ちが変わりやすくて不埒だと口々に言われるが、変わらないものだってあるはずだ。潤に寄せてくれる思いはきっと深くて強い。

幸謙は、あ然と潤を見ていた。

「だから、すみません。おれからは、泰生への気持ちを諦めることは絶対出来ません。おれにとっても泰生は唯一無二の人なんです」

頬をこわばらせて、潤は頭を下げる。

もしかしたら、長いときを経て泰生からいらないと言われる日はやって来るかもしれない。

でも、それまでは泰生と別れない。そして、それでも自分だけはきっと一生泰生を好きでい続けるだろう。おれから泰生への気持ちをなくすことはむりなのだから。

しかし、泰生の父としては穏やかではいられないだろう。こんな事を言い出すなんて思っていなかったはずだ。

幸謙がいい人だと思えるだけに、本当に申し訳なくて深く頭をたれてしまう。

正面で、ふっと小さく息がもれたのを聞いた気がした。

「頭を上げてくれないか。君みたいなあどけない子にそんなことをされたら、私は身の置き場がなくなるよ」

幸謙の声がひどく優しくて、潤はそっと顔を上げる。

「何も別れさせようってつもりで君を呼び出した訳じゃないんだ。もちろん、諸手《もろて》を挙げて付き合いに賛成しているわけでもないけれど、とにかく君の気持ちが聞きたくてね」

目があった幸謙は、柔らかな眼差しで潤の目を見つめ返してきた。

「知っての通り、泰生は少し強引すぎるところがある。大人しそうに見えた君があいつに振り回されているんじゃないかって心配でね。しかも、好き勝手しているように見えるけどプライベートは案外大事にするヤツで、特に部屋には滅多に人を入れたりしないはずのあいつが君を住まわせているだなんて聞いて、本気で慌てたよ」

「榎…さん」

「君は知ってるかな。普段は移り気なくせに、本気になったあいつはタチが悪いんだって」

苦笑するように尋ねられ、潤はぼんやりと首を横に振る。突然軟化《なんか》した幸謙の態度に、まだ気持ちがついていけないせいだ。

「モデルの仕事がそうだった。あいつは、今のモデルという仕事を見つけ出すまで本当にフラフラしていたんだ。もしかしたら、何か夢中になれるものはないかと、あいつなりに必死で探していたのかもしれない。けれど、小さい頃から何にでも興味は持つくせに飽きるのも早かったあいつを、周囲の人間は飽きっぽい性格だと信じて疑わなかった。もっとも、興味の対象を二つ三つと、かけもちすることは決してなかったけれど」

初めて聞く話に潤は目を瞬《しばたた》く。

「だから、モデルの仕事を始めたときも皆すぐに辞めるだろうと思っていた。妻の友人だったデザイナーのコレクションショーだったか。けれど、ステージを踏み終わってあいつは言ったんだ。『おれはこの世界で一番になる』とね。冗談かと思ったが、それからのあいつの執念《しゅうねん》には恐れいったよ。その後、すぐに単身で海外へ飛んだんだ。あの時はまだまともに言葉も通じなかったのにだよ？　日本では親の私たちが邪魔になるなんて、生意気言って」

幸謙が懐かしむように目を細めた。

「モデルの仕事を見つけてから、あいつはもう脇目《わきめ》も振らないからね。周囲も巻き込む勢いで、どんどん突っ走っていった。どこまでも貪欲で、けれどある意味ストイックで」

そこからは、潤もわかる。

泰生がどれだけモデルの仕事を愛しているか。大切にしているか。

付き合いはまだ浅い潤だが、それでも泰生の思いは伝わってきた。その仕事ぶりも、姿勢も、貪欲ささえも潤の尊敬する部分だ。

「本気になれるものを見つけたら怖いヤツだと、もう誰もが知っている」

こくこくと、潤も頷いた。幸謙が意を得て嬉しげに微笑む。その眼差しには、先ほどまでの厳しさも冷たさも見当たらなかった。あるのは、潤を気遣う柔らかさだけ。

「だから、君のことを知って慌てたんだ。これは本気かもしれないって」

急に、胸にこみ上げてくるものがあった。喉をせり上がり、鼻先へと抜けていくそれは。

「っ……ふ」

大きな涙となってこぼれ落ちていく。

「橋本くん」

「す…すみませ……」

「いや、私こそすまない。ずいぶん怖がらせてしまったようだな」

慌てたように腰を上げる幸謙に、潤は必死で何度も首を振る。

賛成されないことはわかっていた。

ここに来るまでの車の中で十津川に言われた通り、潤と同じように名家に育った泰生にとって、後継問題も身の処し方もとても大事な事柄だ。

橋本家に恥じないふるまいを、と常に言い聞かされて育った潤だからこそ、泰生の置かれている難しい立場は自らのことのようにわかった。

けれど、幸謙はそんな泰生と一方的に別れろと命令するわけでもなく、潤の話をきちんと聞いてくれた。要領を得ない潤の話に根気よく耳を傾けてくれただけでもありがたいのに、潤と泰生との付き合いを否定しないだなんて。

それまでが緊張の連続だっただけに、ほっとして思わず涙腺《るいせん》が緩んでしまった。

「すみません、ありがとうございます」

幸謙が差し出してきたハンカチを恐縮して受け取る。恥ずかしさに、顔を上げられなかった。

そんな潤をどう思ったのか、幸謙は慰めるように話しかけてくる。

「長所と言うべきか悪癖《あくへき》と言うべきか、これぞと決めたことは決して譲《ゆず》らない頑固《がんこ》なところがあると知っているからね。橋本くんのことも、君の気持ちも顧みずに夢中になっているんじゃないかと思って、少し強引に君を呼び出したんだ。でも、君はさぞかしびっくりしただろうね」

「大丈夫です。それに、おれが泰生に夢中なんです。好きで、執着しています」

言ってから、はたと自らの発言に気付く。

どうしよう、執着しているなんて、力説してしまった。

まるでストーカー宣言だ……。

青くなったり赤くなったりする潤だが、クスリと笑い声が聞こえてきて視線を上げる。幸謙はおかしそうに口元に拳を当て、肩を震わせていた。

「すまない、君は本当に年相応なんだな。いや、泰生が十八歳の頃はそれはもう憎たらしい若造だったせいか、新鮮だな」

褒《ほ》められているのだろうか。

けれど、さすが泰生の父と言おうか。笑う雰囲気はそっくりだった。

形のいい唇が大きく広がると、アクの強い表情に変わるが、泰生と違って大人の貫禄というか、渋みのある色香が強くなる気がする。

「君みたいな息子が欲しかったよ。いや、今からでも遅くないかな」

「榎さん……」

そこまで言われて、ようやく好感を持ってくれたのだとわかった。

「榎さん、か。いや、同じ榎姓が二人もいるのでは君も混乱するだろう。泰生と区別するために私のことは『お父さん』と呼んでくれたらいい。『おじさま』でもいいな」

「へ、あの、榎さん?」

「違うだろう? 『お父さん』だ」

作ったようなしかめっ面で見つめられ、潤は喉の奥から絞り出すように口を開いた。

「お…お父さん――…」

幸謙がやけに楽しそうな笑顔で頷いてくれて、潤も次第に嬉しい気持ちになる。

潤にも父はいるが、『お父さん』なんて口にしてこんな優しげに笑ってくれたことなどなかった。一般的な父子関係はこんな感じなのだろうか。

そう思ってついはにかむように唇がほころんでしまう。

「……泰生が構うわけだな」

しみじみとした口調で幸謙が話しかけてくる。

「泰生の大切な人だというのなら、君は私にとって息子も同然だろう。何かあったら、いつでも連絡しておいで。そうだ、また食事をしよう。今度は泰生も一緒に」

「はい、お父さん」

潤が小さな声で、しかししっかりとした口調で答えると、幸謙はうんうんと噛みしめるような顔をした。

ホッとすると急にお腹がすいてきて、置いていた箸を取って食事を再開する。そんな潤に幸謙も何げない話題を振ってくれたりして、和気藹々《わきあいあい》とした雰囲気は食事を終えるまで続いた。


「ただいま――…え、泰生？」

潤が家に帰ると、今日はパーティーで遅くなると言っていた泰生が玄関先に立っていて驚く。

「オヤジと会ったんだって？」

それを言われて、潤はあっと声を上げた。

「はい、でもどうして？」

それをもう知っているんだろう。

もちろん潤も泰生には報告しようと思っていた。が、今夜泰生はパーティーに出席しているから、帰ってきてからでもと思っていたのに。

「連絡があったんだよ、おまえと別れてすぐらしいな。会って食事をして、今タクシーに乗せて帰したからって、何もかも終わったあとに電話されてもな。すげぇ腹が立ったぜ。おまえもおまえだよ、何で会う前におれに電話してこないんだよ」

「もしかして、だからこんなに早くパーティーを切り上げて帰ってきたんですか?」

恐る恐る尋ねると、泰生は苦虫を嚙みつぶしたように顔をしかめた。

「当たり前だろ、あの古ダヌキに潤が何を言われて泣いて帰ってくるかと思うとのんきにパーティーで笑ってなんかいられないだろ。だいたい、今まで何もアクション起こさなかったくせに、なんで潤に限って会いたいとか思い立つんだよ、あのオヤジはっ」

伸ばされた手に誘われるように潤は歩み寄った。ほのかなオリエンタルな香りが潤を優しく包み込んでいく。

「泣かされなかったか?」

頰に添えられた手で上向かされ、潤は泰生を仰ぎ見た。

何もかも終わったあとだと知りながら、それでも泰生は潤が心配だからこうして帰ってきてくれたのだろう。

「平気です。最初はおれも何を言われるのかなって不安だったけど、でも、泰生のお父さんでした。とてもいい人で、食事も美味しかったです」

安心させるように泰生を見上げたまま笑うと、複雑な表情で息を吐く。

「ったく、何言われたんだよ?　ほら、言ってみろ」

「えっと、お父さんはおれと話がしたかったたっておっしゃってて、だからおれが泰生と出会ったときのこととか、普段泰生とどんな会話をしているとか、そんなこと？」

「それだけじゃねぇだろ。あの古ダヌキが、んな程度の話でおまえを呼び出すとは思えねぇ」

「その…最初少しだけ、おれの覚悟を確かめるために厳しいことも言われました。でもっ、お父さんはおれの話もきちんと聞いて下さって、最後には本当に楽しかったです。お父さんを古ダヌキだなんて、そんな……」

潤が言うと、泰生が忌々しそうに舌打ちした。

「そうやって、皆あの外見に騙されんだよ――…って、ちょっと待て。何だよ、その『お父さん』っていうのは⁉」

ぎょっとした表情で、黒い瞳をきつく眇めてくる。

だから、『お父さん』と呼ぶようにとの一件を話すと、泰生は盛大に顔をしかめてしまった。

「あのオヤジがっ」

ガツンと、壁を拳で叩いている。

「『ジジイ』でいんだよ、あんなオヤジは」

「ジ……、えっと、おじさま……？」

「何が『おじさま』だ。ジジイが言えなけりゃオジサンでいい。じゃなきゃ『榎さん』だっ」

何だかすごく怒ったように呼び方を指導する泰生だが、最後には疲れたようにじろりと睨んできた。その眼差しはすごくもの言いたげだ。

「な、何でしょう」

「潤は人タラシなんだよ。『潤くんを泣かせるんじゃないぞ』なんて、何でオヤジから釘《くぎ》を刺されなきゃならねぇんだよ、おれがっ。誰でも彼でもタラすな、ばか潤」

「わっ、わっ。泰生、痛いですって」

ぐしゃぐしゃと髪をかき交ぜられると、柔らかい猫毛のせいか、髪の毛同士が絡まって痛みを訴える。手加減しているようではあったけれど、潤は泰生の手から逃げ出した。

「もうっ、あとで本当に大変なのに……」

頬をふくらませて泰生を睨むが、泰生は未だに機嫌を直していないような顔をしていた。眼差しがどこか尖っている。

「ったく、おれの気も知らねぇで、この天然小悪魔ネコは」

舌打ちするように独りごちた泰生に、潤はようやくそれに気付いた。

あぁ、そうか。

胸がぎゅっと痛くなる。同時に温かくもなった。

心配させたのだ。泰生を心から。

自分の父親が勝手に恋人を呼び出して話をしたとすべてが終わってから知らされたら、確かに潤だって心配して焦燥感《しょうそうかん》に駆られるだろう。何もかも切り上げて飛んで帰ってしまうほど。なのに、楽しかったなんて感想を聞かされたら――。

「あの、ごめんなさい。心配させて」

乱れている髪を両手で撫でつけながら、潤はうなだれる。

「泰生にもっと早く連絡をすればよかった。呼び出されたとき、本当はとても不安だったんです。お父さん…おじさまの秘書をされている十津川さんから、泰生との付き合いを問いただされるだろうって言われていたから特に。でも……」

潤の手に、大きな泰生の手が重なる。

「わかってるって、おまえの気持ちは。本当は」

泰生の眼差しから、潤がのんだ言葉の続きは伝わっているのを悟《さと》った。

「それに、おれの気持ちをおじさまに伝えたかったんです。十津川さんの話だと、少し誤解をされてるみたいだったから。おれがどんなに泰生を好きで、大切な存在なのかって自分の口から言いたかった。軽々しい気持ちなんかじゃ決してなくて、この先もずっと泰生への思いは変わらないって」

潤が言うと、泰生は大げさに体を引いた。

「お…おまえは～っ」

絶句したように呟いて、大きな手で自らの顔を覆う。

どうしたのかと見るが、泰生はそんな潤の視線から逃げるように顔を背けてしまった。髪の間に見える耳がなぜだか赤い。

「泰生？」

「あー、わかった。わかったから、んな見るな」

あんまり見つめていたからか、今度は泰生が潤の目に両手を押し当ててきた。真っ暗になった視界に当惑《とうわく》するが、そのしぐさが優しかったから潤はされたままでいる。

「んで、潤がそう言ったらオヤジはなんて言ったんだ？」

「えぇと、おじさまもおれの気持ちが聞きたかったっておっしゃいました。泰生が、その…少し強引なところがあるから、大人しそうに見えたおれが振り回されてるんじゃないかって」

それを聞いて泰生は怒るかなと心配したけれど、

「あぁ、そうか。潤を呼び出したのは潤だからだったのか」

逆に納得していた。

ようやく目を覆っていた手が離れ、視界が回復する。

「ふん。でも、まぁ、これでオヤジに貸しが出来たと思えば結果オーライかもしれないな」

いつも通りにすました顔に戻っていた泰生もそんなふうに話を締めくくった。

玄関先でずっと話していたことにようやく気付き、泰生が苦笑する。潤も自室に鞄《かばん》を置き、バスルームへと歩き出した。

あぁ、でもこれは今言っておきたいな……。

バスルームへの扉を開けながら、潤は振り返る。

「あの…。おじさまは、本当にステキな方でした。泰生の幸せを願うステキなお父さんで、少しだけ羨ましかったです。だから今日お話が出来て、おれも幸せな気分になれました。泰生が今度おじさまと話をする機会があったら、お礼を言っておいて下さい」

「——おまえさ、何でそんなセリフを口に出来んだよ？　恥ずかしくねぇの？　自分で言って痒《かゆ》くならね？」

むず痒そうに背中をよじらせる泰生に、潤は瞠目する。

変なことを言っただろうか。

痒くなるって？

自分の言葉を反芻《はんすう》して考え込んでしまう潤に、泰生が諦めたように肩を竦めた。

「潤だしな」

と。

それには頬をふくらませる潤に、泰生が苦く笑う。

「おまえの年だと『ごはんを奢《おご》ってもらってラッキー』ぐらいなんだよ、普通。それに、幸せだの楽しかっただの言うと、あのオヤジはまた呼び出そうとするからな」

「そうなんだ……。あの、でも、もしまた機会があったら、おれは本当に会いたいなって思います。今日はとても楽しかったから、お父さんとの会話ってこんなかなって……」

「ん？　潤にもオヤジさんはいただろ」

潤の言葉に泰生が不思議そうに尋ねてくるから、返事に困った。

もちろん、いる。いるけれど……。

「恥ずかしいですけど、おれは自分の父とはあまり仲がよくないんです。仲がよくないというか、父はおれに関心がないから。小さい頃からまともにしゃべった記憶もありません。一緒にいてもまるで他人みたいな不思議な感じで」

父が自分に話しかけてくるのは、偶然真正面から行きあったようなときのみ。同じ室内にいても、ことさら潤に話しかけてくることもない。それ以前に、視界に入れないようにしている節《ふし》がある。

潤の話を聞いて段々泰生の眉が寄ってくるのに慌てた。

「あのっ、仕方ないんです。おれは本当に母に似ているらしくて。おれを見ると、父は自分を捨てていった母を思い出すんだと思います。父は本当に母が好きだったらしくて」

変なことを言ったと反省し、気にしないで欲しいと両手を振るが、泰生はまた潤のところまで戻ってきた。先ほど泰生によって乱された髪はまだ元通りになっていないのか、潤の髪を撫でつけるように頭に触れてくる。

「仕方ない、ね。潤らしい諦め方だけど、これは全面的におまえのオヤジさんが悪いだろ。好きな女が自分を捨てて出ていったからって、子供のおまえに罪はねぇのに。邪険《じゃけん》にするいいわけにはならねぇよ。おまえはもっと怒っていい」

何だかなぁ……。

潤は小さく笑う。唇が震えて、泣き笑いみたいな顔になっているけれど。

泰生はどうしていつもおれの欲しい言葉をくれるんだろう。

喜ばせようとか、慰めようとか、そんな気負いのない言葉だからこそ、胸をこんなにも熱くさせるのかもしれない。

小さく鼻をすすってから、頭を撫でる泰生の手を両手で取ると、その指先に唇を押し当てる。

「潤？」

「うん、だから泰生のお父さんと今日一緒に話をして、こういうのが親子の会話なのかなって思ったら、何だかすごく嬉しかったんです。楽しくて、幸せでした」

先日ホテルで幸謙に会ったときは、父親の存在も家族そのものについてもマイナスのイメージしか持っていなかった。自分にとって家族というのは姉の玲香以外あまりいい印象がないからだ。けれど、それを覆してくれたのは幸謙であり泰生だ。

相手を思いやる温かい家庭など潤にはひどく遠い世界だったはずなのに、今日はその片鱗《へんりん》に触れさせてもらって、あまつさえ『お父さん』なんて呼ばせてもらい、自分も家族の仲間入りをさせてもらった気分なのだ。幻でも、本当に幸せなひとときで。

だから泰生に感謝したい。

「泰生、おじさまに会わせてくれてありがとうございます」

泰生がそこにいてくれることが嬉しい。ありがとう、と。

が、当の泰生は何とも言えない表情を浮かべている。切ないような、愛おしむような、ひどく困惑したような。

「不憫《ふびん》だよな、んなことで礼を言うなんて」

呟くと、泰生が乱暴に潤を抱き寄せた。

「っわ」

「潤は、おれが幸せにしてやる」

真摯《しんし》な声が胸越しにくぐもって聞こえてくるから、泰生から離れようかと惑っていた手を止めてしまった。

「だから、他に幸せを求める必要はねぇんだよ。おまえは、おれが目ぇいっぱい幸せにしてやるんだから」

「……うん」

どん、と音がするような勢いで胸が熱くなった。鼻がつんとして、目の周りが熱くなる。その目を泰生の胸に擦りつけるようにして、潤も背中に腕を回した。

「身も心もたっぷり可愛がってやる」

「うん――…うん？」

頷きかけて、潤ははてと首を傾げた。

そこは頷いてよかったところだろうか。

疑問を覚えた通り、クスリと笑い声がしたかと思ったら泰生が動いた。

「っ……ぁ」

泰生の手が潤の臀部《でんぶ》へ移動するとひどくいやらしい手つきで揉み込んできたのだ。思わず身じろいだが、その程度では抵抗とは思われないのか、泰生の手はさらにエスカレートする。

「ゃ…ちょ……泰生っ、あっ……んんっ」

ズボンの上から秘所を指で探られ、息をつめた。シャツを引っ張り出し、腹の辺りをサワサワと撫で回してくる泰生に、潤は待ってと何度も腕を叩《たた》いた。

「何だよ、可愛がってやるって言っただろ？　おれの愛を嫌ってほどわからせてやるよ」

「んっ、わかって…る、わかってるから…っや、今は…今……っふぅ…んっ」

抗議しようとする潤を、バスルームの扉に押しつけるようにキスしてきた。

唇のあわいをこじ開け、泰生の甘い舌が滑り込んでくると潤は自分でも気付かぬうちに泰生の体に腕を回していた。

「んんっ……ぅ…ふっ」

優しいキスだった。勢いに任せるような激しさはないけれど、抵抗しようという気持ちをひとつずつ消していくような丁寧《ていねい》なキスで、潤の息はすっかり上がってしまう。が、その熱い吐息をも、泰生は食《は》むようにさらにキスを続けた。

「ん……、は…ふ…っ……」

すっかり蕩けてしまった潤を見て、泰生が目を細めてバードキスへと切り替えてきた。

鼻の頭に、右の頬に、左のこめかみに、額に、顎の先に――――。

ちゅ、ちゅ、とわざと音を立てながらキスをするそれが、まるで思いの丈を唇でスタンプされているようで胸がジンと痺れた。

「ふふ……」

唇にかすめるように何度も繰り返しキスをされると、何だか嬉しくて楽しくなり、つい笑みがこぼれる。泰生の唇も笑みの形に引き上がるのを唇の上で感じた。

ほら、泰生はこうやって信じさせてくれる。

泰生の中で、自分がどんなに大事にされているのかという証を。

泰生が、自分をどれだけ好きでいてくれるかという思いの深さを。

だから、自分だって伝えたい。返したい。泰生への大きな気持ちを――。

唇をついばむようなキスへと移行した泰生に、潤はぎゅっとしがみついた。

思いを重ねて、信頼を深めて、泰生との絆《きずな》がどんどん強くなっていく気がした。それがたまらなく幸せだった。

「…ん。バスは使ったけど、も一回入るか。洗いっこしようぜ」

唇の上で囁かれる上機嫌な声に、潤はもう抗《あらが》えるわけがない。

「っ…んっ……、洗う…だけ…ですよ?」

「はいはい。おまえがそれだけで我慢出来るならな」

返事を聞いて気が変わる前にとばかりに、泰生によって潤の体はあっという間にバスルームへと連れ去られてしまった。

昨夜はバスルームでの洗いっこだけではやはり収まらず、泰生の濃厚な愛撫をフルコースで堪能《たんのう》することになってしまった。そのせいで、今朝は危うく寝坊しそうになったほどだ。

今でも、何だか体がぎくしゃくしてる感じ……。

始業開始間際のせいか、バタバタと走っていく生徒も多いが、潤は鈍《にぶ》い痛みを訴える腰のせいで、のろのろとした歩調のまま予備校の廊下を歩いていく。

もっとも、潤がここまで時間ぎりぎりに予備校に駆け込むハメになったのは、駅から歩いてくる途中で玲香から電話が入ったせいだ。昨日玲香の留守電にメッセージを残していたが、その返事を早朝ロケの合間にくれたのだった。

玲香に任せっきりだった潤のひとり暮らしは、間もなく夏休みも終わり学校が始まるけれど、どうやらまだしばらくは泰生と同居という形で続きそうだという。

玲香の話だと、潤の独立には色んな方面から待ったがかかっているらしい。

ひとつは祖父母だ。潤をひとりにすると今後また同じようなことをしでかすのではないかと思われていて、自分たちの監視下で厳しく見張るべきだとの話が上がっているという。だが、潤の顔など見たくないからまったく目の届かないところに行ってもらいたいという思いもあるらしく、その決着がつかないことが玲香の話から推測《すいそく》された。

父の正もひとり暮らしに反対していることは潤も知っている。

祖父母の、いかにも彼ららしい考えには閉口したが、父もきっと彼らと同じように考えているのだと思うと、自分はそれほど信用がないのかと潤は改めてショックを受けた。

潤に関心がないくせに、少し変わったことをしようとすると頭ごなしに反対する。余計な面倒を持ち込まれたくないからだろう。

それがわかるだけに寂しいような悲しいような気持ちになった。

一度家族できちんと話した方がいいのではないかと思ったけれど、今潤が出ていくとさらに拗《こじ》れるだろうからもう少し自分に任せてくれと玲香に先に言われてしまった。玲香に任せきりで、本当にこのまま自分は何もしなくていいのだろうかと、心苦しいまま電話を切ったけれど。

しかし、間もなく始まる新学期に必要な荷物はまだ大部分が屋敷の部屋に置いたままだから、潤は困っていた。

玲香がいるときにでも、一度屋敷に帰ろうか。こっそり入れてもらおう。

まるで人の家に泥棒にでも入るような感じがして、複雑だったが。

そんなことをつらつら考えながら歩き、何とか講師が来る前に教室に滑り込んだ潤だが、そこには別の障害が待ち受けていた。

「あー来た来た。橋本ってば、珍しく遅いんだから」

「あのさ。今日の、Aブランドの新作スニーカーのパーティーに行くツテ、橋本持ってない？　銀座《ぎんざ》の本店であるヤツ。ね、どうにかなるでしょ。てか、どうにかしてよ」

「サオリってば、もうパーティーに連れていくってコージに言ったんだって。だから、あんたがどうにかしてくれなきゃ、サオリが嘘つきになるんだからね」

「橋本、しっかりしてよぉ？　男でしょ」

教室に入ったところで昨日トラブった女の子三人組が待ち構えていて、潤の腕を掴むと一方的に話し出したのだ。

「あの、ちょっと――」

腕を取り戻そうとするが、女の子だからあまり乱暴には出来ないし、何より案外力が強い。しかも抗議しようと口を開いても、聞こうとしないから困った。

「ほら、今すぐ知り合いに電話かけてどうにかしてよ。出来るでしょ、あんなファッションショーに出演するぐらいだから」

「あーでもさ。今すぐはムリでしょ。きっと業界人はこんな朝早くに起きないって」

「でもぉ、ちゃんとしてくれないと困るんだよね」

いつものノリで騒ぎ出した女の子たちと潤を見て、教室に駆け込んできた人たちが迷惑そうな顔で避けていく。それに気付いて、潤はこのままじゃいけないと腹の底に力を入れた。

「あのっ、聞いてくれないか」

弾けるような笑い声を遮るように出した声は、思っていた以上に力強いもので、女の子たちは驚いたようにしゃべるのをやめたからホッとする。

「悪いんだけど、おれはパーティーに行けるようなツテなんてないんだ。だから、ムリだと思う」

「はぁ、ちょっと何——」

「それにっ」

非難の声を上げようとした女の子の発言を封じるように、さらに声を大きくする。女の子を見つめると、彼女はなぜか臆したように口を閉じてしまった。

「それにこういうのは困るんだ。ここは勉強するための予備校だし、君たちに騒がれるとおれはもちろん周囲の人たちにも迷惑がかかってしまう。ひどいことを言っているかもしれないけど、勉強のジャマになるほど騒ぐのは遠慮して欲しい」

潤が何とか言いたいことを言ってしまうと、女の子たちは怒ったように顔を真っ赤にする。

「ムカつく、あんた何さま？　ちょっと頭いいからってばかにすんなよっ」

「特進クラスってこれだから頭くるよね。そんなに勉強が楽しいかっての。ここまで行くと、きっと頭おかしいんだよ」

「ちょっとぉ、今日のパーティーだけはどうにかしてよ。もう約束しちゃったんだって」

今まで以上に声高に騒がれ、授業開始のベルも聞こえないくらいだった。

そのせいで、やってきた講師から女の子共々教室から追い出されてしまった。しかも、教室から追い出されても女の子たちからは執拗につめ寄られてしまい、ずいぶん大変だった。

それでも、最後に「もう二度と私らにしゃべりかけんな」と捨てゼリフまがいに言われたことは、今回潤にとって唯一のラッキーだったかもしれない。


「きっと、おれの言い方が悪かったんだろうな……」

朝のことを思い出しながら、棚《たな》に並ぶ参考書を見つめた。

女の子たちともうこれ以上関わり合いを持つことがなさそうなのはよかったけれど、だからといって彼女たちを怒らせるつもりなどまったくなかったのに。

どうしてこんなに人とうまくコミュニケーションが取れないんだろう。

人と関わりあいを持つたびに、自分の未熟さを思い知らされていくようで情けない。こんな悩み、幼稚園に行き始めた幼児レベルではないだろうか。

ため息がもれかけたとき、ポケットに入れていた携帯電話が震えた。

「泰生だ」

これから泰生と一緒に夕食を取ろうといつもの書店で待ちあわせているのだが、泰生がスタジオを出られる時間がはっきりしないため、遅れるときには連絡をすると言われていた。

きっとその件だろうと、潤は発信元も確かめずに携帯電話を耳に当てた。が、聞こえてきた声に潤は携帯電話を危うく取り落としそうになる。

『やっと出た！　美夢からの電話を何回無視するつもりなの。失礼じゃないっ』

昨日、予備校の前で待ち伏せしていた美夢の声だったからだ。

耳をつんざくような甲高い声に、潤は厳しく眉を寄せる。

そうだった。この問題もあった。

潤は美夢に聞こえないようにそっとため息をついた。

電話を耳から離しても問題なく聞こえる怒鳴り声だから、この静かな参考書コーナー中に響き渡っていることだろう。肩身が狭いが、泰生との待ち合わせにこの場所を告げていたから安《あん》易《い》に移動することも出来ず、潤はとりあえず人のジャマにならない端へ動くことにした。が、そんな潤のしばしの沈黙も美夢は気に入らないようで、ヒステリックな声がパワーアップするから困った。

『聞いてんの？　返事ぐらいしなさいよっ』

「ごめん、ちょっと移動してたから」

『潤くん、今どこにいるの？　今日こそは会わせてもらうからね』

「だから、それは出来ないって昨日も言ったよね」

　実は、今朝朝食のときに少しだけ泰生に聞いてみたのだ。探りを入れたというか。けれど、もちろん泰生は即行で『会わない』と断言した。

「おまえんとこの女たちにはちょっと関わりたくない。玲香にしても、おまえからたまに聞く伝説の『お祖母さま』にしても。そのイトコって女も同じような感じじゃね？」

　ある意味泰生の言うことは当たっていて、潤は眉を下げてしまった。

　けれど、これで断ることが少し楽になったのは言うまでもない。美夢に対して、自分の判断で泰生に会わせないと言ったことには多少の罪悪感を覚えていたから。

　しかし、そんな泰生の意思を美夢が納得してくれるかどうかはまた別の話で、案の定、美夢からは悪い意味で思った通りの反応が返ってきた。

『なぁんだ。会いたくないなんて、そんなの美夢と会えば問題解決だよ。美夢と知り合って、嫌だなんて言う男はいないいんだから』

　逆に、美夢の機嫌が回復してしまう始末だ。

『美夢ね、今日はとっておきのワンピなんだ。髪もばっちり決まってるんだから、絶対今日会うって決めてるの。実はね、タイセイのマンションの近くまでもう来てるんだ。だから、早く帰ってきて部屋に上げてよ。潤くんはそこまででいいよ、あとは美夢が何とかするから』

「そんな……。だから、本当にダメなんだよ。わかってくれないか、美夢ちゃん。そもそも、お世話になっている部屋に勝手に誰かを招き入れるなんておれには絶対出来ないから」

『もう、美夢は潤くんのイトコだからそんなの関係ないって。ねね、それより今日はタイセイ遅いの？　泊まってってもいいでしょ？　えへへ、すごい可愛いベビードールを持ってきてるんだ。あとで潤くんにもオマケで見せてあげるね』

なぜだろう、美夢と少しも話が通じない。

頭が痛いような気がして、潤はこめかみ辺りを揉み解す。けれどその間も、美夢は潤には理解不能な言葉をしゃべり続ける。

『タイセイの部屋ってどんな感じかな、やっぱりデザイナーズルームみたい？　そうだ、部屋ではタイセイって何を着てるの？　今日は見れるよね。あー、ごはん。ごはんってどうする？　中華のデリバ持っていこうか？　この前、潤くんのパパさんと行ったとこがすごく美味しかったんだ。持ってったら美夢の好感度も上がるよね』

その、会話に出てきた『潤くんのパパさん』という言葉が、潤の胸を引っかいていった。

潤の父である正は美夢の父と兄弟だが、それだけでなく仕事の関係上、美夢の両親とは付き合いが深い。そのせいか、潤よりも美夢とのほうが顔を合わせる機会が多いことは知っていた。親戚たちの集まりでも、潤の父が美夢を可愛がっている姿を何度か見たことがある。

潤はそれをいつも遠くから眺めるだけだったが、美夢の口から最近一緒に食事をしたなんて話を聞くと、やはりインパクトが違った。

心の中がモヤモヤとした灰色《はい》の何かに覆われていくようで気持ちが悪い。

「ごめん、やっぱり美夢ちゃんを泰生に会わせることは出来ないし、家に上げることも出来ない。それに今日はおれも泰生もマンションに帰るのは遅いから待っててもダメだと思う。悪いけど、もう切るね」

話の途中で美夢との通話を切ってしまったのはそのせいだ。

大人げないことをしたとすぐに反省したけれど、間を置かずに美夢からまた着信があるのを見て、きっとあのタイミングで切ってよかったのだと思うことにした。

あんなに押しの強い美夢を泰生に会わせたら、何だか大変なことになりそうだ。

震え続ける携帯電話を見下ろして、潤はため息をつく。ゆるゆると物憂《ものう》げに顔を上げた潤だが、そこに見知った顔を見つけてハッと息をのんだ。

「あ……」

目前で参考書を手に眉間《みけん》にしわを寄せている人物は、昨日、予備校で潤と女の子たちを叱《しか》り飛ばしたいかつい男だ。体格がいいからか、ありきたりなデザインの制服姿も見映《みば》えするが、今はその体格のよさが威圧感として潤にのしかかってくるようだ。

この距離だ。きっと、美夢と電話していたのを聞かれたのだろう。

またおまえかと目が告げていた。

「ごめん、騒がしくして」

「あんたさ——」

つっけんどんな口調に、潤はびくりと体を震《ふる》わせる。

何を言われるか。

覚悟した潤だったが。

「この前の模試《もし》で、総合五位だったやつだろ?」

言われた内容はまったく想像していなかったもので、潤はそれまでの申し訳なさもほんの少しの怯えも忘れて、ぽかんと口を開けた。

「橋本、だったか?」

「——うん」

慌てて頷くと、男の眉間からわずかに険《けん》が取れる。

「おれは大山《おおやま》、大山至《いたる》。教えて欲しいんだけど、どんな参考書を使えば、あんたみたいに成績がよくなるんだ？」

「へ？」

「だから、参考書だよ。使える参考書ってどれだよ」

ひらひらと、手に持っていた英語の参考書を振られて潤はようやく我に返った。

「あの、あのっ、あの——っ」

まさか、男が——大山がこんなふうに普通に話しかけてくるとは思わなかったから、潤は非常に動揺した。顔を真っ赤にして大山の隣に立つ。

「これ、これとか、使えるっ……あっ」

力みすぎて、摑んだ参考書にしわが寄った。慌てて力を抜くと、参考書は手をすり抜けていく。それを、大山が拾い上げた。

「これな？　ふぅん、使ってみる。あんた、英語は特に成績いいんだよな？　将来はそっち方面に進むのか？」

「な…んで知ってるの？」

「前に、英語ではおまえに負けたけど他は絶対負けないって啖呵《たんか》切られてただろ、同じ学校のやつに。まぁ、あんたの通うS校じゃ、負ける負けないなんてほんの数点の差なんだろうけど」

いつも何かと潤に突っかかってくる同級生との会話を聞かれていたのか。

恥ずかしく思うものの、どうしてこんなふうに話しかけてくるのか、潤は不思議に思った。てっきり大山には嫌われていると思っていたのに。

そんな潤の気持ちを読み取ったように、大山が口を開いた。

「その……悪かったな。あんたのこと、誤解してた。おれ、あんたはすげぇ女にだらしないヤツだと思い込んでたからさ。大人しい顔してるくせに、いつも違う女たちに囲まれて、キャーキャーうるさく騒いでたから」

それを言われると、本当に申し訳なくなる。

「だから昨日、真後ろで騒がれてついイラッとして。おれ、どうも短気でさ。直せって言われてるけど」

「そんなことないよっ。昨日は…というか、ずっとおれが悪かったんだ。うまく女の子たちをあしらえなくて。うるさかったんだよね、本当にごめん」

「もういい。あんただけが悪いんじゃないってわかってるし。けど、あんたも損《そん》な性格だな。なまじ見た目が大人しいから、あいつら、自分たちの言いなりになるとでも思ったんだろ。だからって、反撃されて切れるなんてもっと最低だけど」

「何のこと、かな」

「あぁ。今朝、一限始まる前の女たちとの騒ぎだよ。あれ見たから、あんたのこと誤解してたってわかったんだ」

そうか。彼女たちがどうしてあんなにケンカ腰になったのか。

もちろん、自分の言い方が悪かったわけでもなかったのか。

少し言葉がきつかったかとは思ったが、それだけではなく彼女たちが潤を見くびっていたせいで、余計腹が立ったのだろう。

原因がわかってようやく少しホッとする。

「ありがとう、大山くん」

「は？　何が」

「彼女たちがどうしてあんなに怒ったのか。さっきまで、おれわからなくてずっと悩んでいたんだ。だから、教えてくれて助かった。ありがとう」

「――んだよ。あんた、変なヤツだな。でも今日みたいなことが出来るんなら、もっと早い段階でばしっと言えたんじゃないか？」

「そう、かな」

「あー、何かぼっとしたヤツだなっ」

ガシガシと豪快《ごうかい》に頭をかく大山に潤はびくりとするが、彼は怒っているわけでも潤の返事に苛立《いら》っているわけでもなさそうだった。同年代と意思の疎通《そつう》がうまく出来ないと思っていた潤は、今普通に会話が出来ていることに感動する。

つっけんどんな口調も、単に大山のしゃべり方らしい。

「わかった、これも何かの縁だ。今度何かあったらおれがばしっと言ってやる」

面倒見のいい発言は、体育会系の匂いがした。

潤の周囲にはいなかった熱い性格に、ついつい顔がほころんでしまう。

「大丈夫。今度もちゃんと自分で言うようにする。でも、どうしてもダメなときは大山くんにお願いするかもしれないけど、いいかな」

「お、おう、任せとけ」

日に焼けた大山の頬がわずかに赤く色を変えた気がした。

それから、大山と少しだが話をした。参考書談義《だんぎ》から始まって、お互いの志望校の話、通っている学校の話もだ。

なんと、大山とは志望校が同じで驚いた。さらに大山が夏休み前まで空手部の部長をしていたことも聞く。どうりで体格がいいわけだと潤は納得したが、直前まで部活をしていて今の潤がいる特進クラスに入れた大山こそすごいんじゃないかと感心した。

面倒見もいいし、きっと後輩にも頼りにされる部長だったんだろうな。

彼の後輩が羨ましくさえなった。こんな先輩がいたら、潤の学生生活も楽しかったかもしれない。

「あぁ、そうだ。ケーバン交換しておくか？」

「大山くんと？」

「何だよ。友達なんだから、ケーバンぐらい知っておきたいだろ」

「友達……」

「嫌ならいいけど」

取り出しかけていた携帯電話をポケットにしまおうとする大山の腕に潤は飛びついた。

「あの、あの、あの――っ」

顔を真っ赤にして、大山を見上げる。

「――番号、交換したいっ」

どうしよう。友達なんて初めてだ。

こんないとも簡単に憧れていた友達が出来てしまうなんて。

「橋本って、本当に変なヤツだな。テンポがのろいのか、いや、天然だな。言われたことないか？　天然だって」

「それは……ある」

泰生からよく言われる、おまえは天然だと。天然目《もく》小悪魔科《か》エロエロ属《ぞく》だとも。

それを思い出すと、恥ずかしい行為に直結して顔が熱くなった。元々顔が赤いから、これ以上赤くなることはないと思うけれど。

ようやく携帯電話の番号を交換する。先日、美夢に有無を言わさず交換させられたときとは違って、自分の住所録に増えた新しいページが誇らしい気がする。

これから少しずつこうしてページが増えていったら嬉しいな……。

そんな思いで携帯電話を見下ろしていたら、ずしりと肩に重みがかかった。同時に、ふわりと森の香りが落ちてくる。

「何だよ、ニヤニヤして何見てんだ？」

「泰生!?」

突然の泰生の声に潤はぎょっと顔を上げた。

そうだ。この場所で泰生と待ちあわせてたんだ。

仕事を途中で抜けてきたらしい泰生は、獅子《しし》のたてがみのように髪を立ち上げ、光沢のあるシャツに細いネクタイ姿で立っていた。ドンファンさながらの伊達《だて》男ぶりだが、もしこれが泰生でなかったら、いきすぎたホストになるところだろう。

「ん？　潤、おまえ――」

首筋に鼻を寄せられ、それから腕を取られて同じように匂いをかがれる。

「やけに甘ったるい匂いがするな。女と浮気でもしたか？」

泰生の手で持ち上げられた自らの袖《そで》をかがされることになった。

けれど、言われてみれば確かに甘い匂いがした。泰生の香りで一度ニュートラルに戻った鼻がようやくそれをかぎ取ったようだ。

「あぁ、もしかして……」

今朝、女の子たちとケンカしたときに彼女たちの香りが移ったのかもしれない。

そう言おうと思ったとき、目の前で険しい表情をしている男に気付いてハッとした。そうだ、今は大山がいたのだ。

「あんた、誰だよ」

潤が気付いたのと同時に、大山が口を開く。

「あんた、橋本の何だ。男のくせにちゃらちゃらして、橋本が付き合うタイプにはとても見えない。おい、男同士でいつまでベタベタやってんだ、さっさと橋本から離れろっ」

つっけんどんな口調は、大山が不審を抱いているせいでさらに尖って聞こえた。ひやりとするほど険呑《けんのん》な空気が伝わってきて、潤は心臓が痛くなる。

「あの、大山くん。彼は――」

「おまえこそ誰だよ？　おれに命令すんじゃねえ。しかも、なに勝手におれの潤の所有権を主張してんの？」

慌てて取りなそうとするけれど、その前に泰生が動いた。

大山の挑発に煽られたように、泰生の手が潤の頬をひどく親密なしぐさで撫で上げていく。

それを見て、大山の眦《まなじり》がすぅっと切れ上がった。物騒《ぶっそう》なものがちらつく目は、本来は空手の試合のときぐらいしか見られないものだろう。

震え上がるほどの迫力だったが、泰生は平然と対峙《たいじ》していた。好戦的な笑みを浮かべ、宝石のような黒い瞳は火傷するような冷たさを秘めて大山を見据えている。

「――おれの潤？」

「そ。こいつはおれのもんなんだよ。おれは潤の恋人だからな」

大山が眉をひそめる。

「恋人？　橋本は男だぜ？」

「だから？　そんなの見ればわかるだろ」

凍えるような目で大山を見下ろしながら、泰生が鼻でせせら笑った。

「まさか、男同士の恋愛は間違っているだとか世間一般の正邪でも説こうってつもりか？」

「いや、でも……」

「青いな」

小ばかにしたような口調で揶揄され、大山が鼻白《はなじろ》む。が、すぐに顔を上げて潤を見た。詰問《きつもん》するような強すぎる視線に、潤はびくりと体を竦ませてしまった。

「橋本、こいつの言っていることは本当か？　嫌だと言えないだけじゃないのか？　こいつは男だろ。そうじゃなくても、こいつは橋本にふさわしいとは思えない」

大山の問いにぐっとつまったが、それでも潤は返事をする。

「おれは泰生と――この人と付き合ってる」

と。

それを聞いて大山の表情はたちまち変わった。裏切られたというように、眼差しに怒りが宿る。

「……っ」

男同士の恋愛が受け入れられない人も、嫌悪する人がいるのも潤は知っていた。けれど、泰生はおおっぴらで隠さないし、泰生の周りもフランクな人たちばかりだったから潤の感覚もつい麻痺しがちだ。

しかし大山の怒りに満ちた表情こそが、ごく一般的な人間の反応なのだろう。

潤の背中を冷たい汗が流れていく。が、泰生の大きな手が潤を守るように肩を抱いた。

「おい、ボウズ――」

ひどく凄みのある声だった。

見上げた泰生の横顔に潤は目を奪われる。

挑発するように薄く微笑みを浮かべていた。けれどその眼差しはどこまでも熱く滾《たぎ》っていた。

髪をワイルドに立ち上げ、黒瞳に険呑な光を宿す泰生はまるで敵を威嚇《いかく》する黒豹《くろひょう》のようだ。

別種の敵に対峙する、獰猛《どうもう》で美しい獣の姿――。

坊主扱いされたというのに、大山も圧倒されたように言葉を失っている。

「おまえが男同士の付き合いをどう思うかは勝手だがな。それを周囲に押しつけるのは迷惑行為だぜ？　間違っても、正義とか友情にかこつけて潤を矯正《きょうせい》しようなんて思うなよ」

すぐに一瞬でも気圧されたことを恥じたように、険しく顔を歪めたが。

「だけど、おれの考えをあんたにどうこう言われる筋合いもないよな？」

「そうだな。好きにすればいい」

大山の挑発を、泰生はさらりとかわす。

「あんたなっ」

激昂した大山に釘を刺すように、泰生がことさら冷ややかに見下ろす。大山がぐっとつまっ

た瞬間、泰生がその瞳をさらにきつく眇めた。

「だが、もしおまえが潤を傷つけるようなことがあったら、おれは絶対に許さねぇ。地の果てまでも追いかけて、叩き潰してやる」

物騒なセリフだった。

しかし、その力強い泰生の声は潤の心に真っ直ぐ飛び込んでくる。だからだろうか、肩からふっと力が抜けた。

そうだ、何を恐れることがあるんだろう。自分はひとりじゃない。宝物のように大事にしてくれる泰生がいるのだから、たとえ誰かに嫌悪されようと、蔑視《べっし》されようと、罵《ののし》られようと、泰生との恋愛を自分は決して後ろめたくなど思わない。

「よく覚えとけ」

そのまま、潤の肩を抱いて泰生が歩き出した。大山はもう何も言わずに潤たちを見送るだけだった。いや、何も言えないのかもしれない。

後ろ髪を引かれるように大山をちらりと見てしまった潤に、泰生が鼻の上にしわを寄せた。

「あれは友達か?」

「今日、友達になったんです。でも……」

もう大山の中では、潤は友達ではなくなっただろう。

それを思うとやはり少し悲しい。さっきまでが楽しかっただけに、やりきれない感じだ。

「ふん。だが、まぁ大丈夫だろ」

ついしょんぼりしてしまった潤に、泰生が面白くなさそうに鼻を鳴らした。潤が顔を上げると、不機嫌そうに唇をひん曲げている。

「何だかんだ言ってはいたが、あれはおれに対する対抗意識から出た発言だろうからな。このおれが本気で睨んでも踏みとどまった男だから、自分の中で消化さえすれば、また近付いてくるだろ。ムカつくけど、あの手の男は一度肝が据わるととことん味方に回るタイプだ」

そうだろうか。そうだといいけど……。

それでも、潤はあまり期待しないようにと自分に言い聞かせた。もし違った場合はショックが大きすぎるし、潤にとって都合のいい展開など今まであまりなかったから。

「それにしても——」

泰生が呆れたように上を向いてため息を吐いた。

「おまえは本当アクの強い人間ばかり惹きつけるよな。ちょっとは自重しろよ」

「ええ？　アクの強いって、あの、それっておれのせいですか？」

「どう考えてもおまえだろ。今のヤツだって、今日友達になったっていうのにもういっぱしの庇護者《ひごしゃ》を気取りやがって。さっきはなんて言いやがった？　このおれさまに向かって『離れろ』とか『ふさわしいとは思えない』とか言ったんだぜ。ふざけんなって感じだ」

鼻息も荒く泰生がまくし立てる。

「あの、泰生？」

「何、わかりませんってツラしてんだよ。だから、タラすのもいい加減にしろって話だ。誰かれ構わず可愛い顔で懐《なつ》くんじゃねぇ」

ぎろりと、横目で睨んでくる。

「その顔だよ。きょとんとした無防備な顔さらして。あー、何かもう疲れた。無自覚でタラしまくるおまえに何言っても一緒だな。ったく。おまえがもっとへちゃむくれだったらよかったって、こんな時は思うぜ」

頭をかきむしる泰生に、潤は眉尻を下げて唇を尖らせた。

「何か…何か、すごく理不尽な気持ちです」

「何が理不尽だ。このおれさまが、あんなガキに不覚にものせられたんだぜ？　それもこれもおまえがあの男を友情のマックスモードまでタラし込んでるからだろ。もっとも、恋愛モードが少しでも入ってたらとことんまで潰してやるつもりだったけど」

そういう意味では命拾いしたかもな、なんて唇を引き上げる泰生の顔は少々物騒だった。

やはり、何だか理不尽だ。

頬をふくらませると、泰生はようやく笑ってくれた。

「可愛いよなぁ、おまえは。んな顔を見るとどうでもよくなっちまうから、おれも相当いかれてるぜ。あー、何だかキスしたくなった」

「は？」

突然のキス発言に見上げると、泰生は黒い瞳にキラキラといたずらっぽい光を瞬かせている。

まずい、これは本気の顔だっ……。

潤は慌てて泰生から離れようとするが、あっさり腕を掴まれてショップ脇から降りる階段の暗がりへと連れ込まれてしまった。

「泰生、あの、この後は仕事なんですよね？　だったら早く夕ご飯食べないといけないんじゃないですか」

「うるせぇ。夕食の前におまえを食べさせろ、とりあえず唇だけでいいから」

にやりと目の前で大きく左右に広がった唇がゆっくり降りてくる。

「さっきのむかつきの分も払ってもらうぜ」

「だからそれが理不尽だって言う…ん……」

文句を言う声が弱くなった。唇がふさがれると、心でさえも文句を言えなくなる。とってもおきの砂糖菓子を口に含まされたように、甘くて幸せな気持ちが広がっていくから。

「っ……、っん……」

ぺろりと舌で唇を舐められて、喉が鳴いた。

キスを楽しむというより、キスする時間を慈《いつく》しむような泰生のしぐさに、体から力が抜けていく。何ものからも遮断《しゃだん》された泰生の腕の中で、潤はそっと目を閉じた。


覚悟はつけたはずなのに、それでも翌朝は予備校に行くのに勇気がいった。

教室に入るともう大山《おおやま》は来ているのが見えた。潤《じゅん》はぎゅっと奥歯を噛《か》みしめてから足を進める。近付いていくと、すぐに大山が潤に気付いた。

「おはよう、大山くん」

声は小さくなった。けれど、決して聞こえなくはなかったと思う。

なのに、大山は無言で顔を背《そむ》けてしまった。強く引き絞られた唇も、こわばった横顔も、すべてが潤を拒絶しているようで胸が痛みを訴える。

やはり、ダメだった……。

受け入れてもらえなかった、いや、普通は受け入れられるわけがない。男同士の恋愛なんて特殊なのだから。

覚悟していたのに、それでもいざ無視されたりするとやっぱりこたえる。

大山から少し離れた席に座り、潤は落ち着きなく何度も前髪を引っ張った。

でも、こんな事で落ち込んだりしない。最初に戻っただけなんだから。自分はこれまでもひとりで平気だった。だから、これからだって大丈夫だ。

ホワイトボードを睨《にら》みつけるように目の奥に力を込めて、自分に言い聞かせる。しっかり授業を聞いていたつもりだったのに気付けば終業の時間になっていて、潤は肩でため息をついた。

少し離れた席で昨日一緒に選んだ参考書をバッグにしまっている大山を見て、未練がましいと首を振る。潔《いさぎよ》く背中を向けて潤は歩き出した。

今日は実家の屋敷に帰ろうかなとか思ってたけど、やっぱりむりかも……。

あと数日で新学期が始まるため、今日辺り実家から荷物を取ってこようかと思っていたが、傷心《しょうしん》がすぎて、これ以上きつい出来事は受け入れられない気がした。屋敷で祖母に鉢合《はちあ》わせでもしたら、起き上がれないほどダメージを受けるに違いない。

とぼとぼと予備校の入っているビルから出ると、今にも雨が降りそうな曇天《どんてん》に潤の気分はさらに盛り下がってしまいそうだ。しかもメールチェックして泰生《たいせい》の帰宅が夜遅くなることを知り、潤はがっくり肩を落とす。

悪いことってどうしてこんなに重なるのか。

さらに足が重くなったような気がしたとき。

「――橋本《はしもと》」

後ろから野太い声で呼ばれて振り返った。

「大山…くん」

こわばった顔で潤を呼び止めたのは大山だった。大股で歩み寄ってきた大山だが、潤の前で止まってもなかなか話し出そうとはしない。

もしかして泰生との付き合いについて何か言われるんだろうか。

男同士の恋愛など軽蔑《けいべつ》するなんて話だったらどうしよう。

胸が痛くなるような怖いことばかり想像してしまい、潤の方こそ顔がこわばりついていく。うなだれて、大山の詰責《きっせき》を待つしか出来なくなった。

講座が終わったばかりの予備校の前で、気まずそうに目を逸《そ》らす大山とその前で叱《しか》られる生徒のように立ちつくす潤に、好奇の視線が集まってくる。

「悪い、ちょっと時間あるか」

それに気付いたのか、大山が場所を移すぞとばかりに顎でしゃくった。潤が後ろをついてくるのを確認して、安堵《あんど》したように大山の肩が下がる。硬《かた》い態度の大山だが、その中にほんの少し潤を気遣《きづか》う色が見受けられ、潤は不思議《ふしぎ》な気分になった。

あながち悪い話でもないのかな……。

予備校の生徒たちが人波となって流れていく駅方面とは反対へと歩き出した潤たちだが、人の群《むれ》から抜けたとたん——。

「潤くんっ」

潤の腕にピンク色の塊《かたまり》がぶつかってきた。

「っわ」

「ちょっと、美夢《みゆ》から逃げようなんてひどいじゃないっ」

潤のイトコの美夢だ。キャミソールから伸びるほっそりとした腕が、しかし思わぬ力で潤の腕を摑んでくる。

「美夢を見たとたん、Uターンするなんて潤くん性格悪すぎ。大人しそうだと思ってたのに、美夢のお願いは聞いてくれないし、電話は無視するしで、見方変わっちゃうな」

恨《うら》めしそうな顔で睨んでくる美夢は、戸惑《とまど》う潤などお構いなしにまくし立ててきた。

「でも、今日は絶対逃がさないんだから。タイセイに会わせてもらうんだからね。って、ことでジャーン」

変な擬態語を口にして、潤の前に出して見せたのは腕輪だった。白いフェイクファーで出来た輪っかがふたつ、その間は凝《こ》った意匠《いしょう》の鎖《くさり》で繋《つな》がれている。おしゃれなオモチャの手錠《てじょう》といった感じだ。

「あの、美夢ちゃん?」

あ然とする潤の腕にそれをはめて、自らの腕にもう片方の輪っかを通す。手錠のようなそれで潤と美夢はしっかり繋がれてしまったのだった。

「可愛いでしょ? 昨日、ショップで見つけたんだ」

自慢げに言う美夢に、潤は目眩《めまい》がする。

「本当は彼氏と遊ぶためのものらしいんだけど、こういう使い方も出来るんだよ」

ちゃらちゃらと腕を振って鎖の音を鳴らした。

「これで今日は逃げられないからね。タイセイの部屋に連れてってもらうんだから。あ、昨日から始まったタイセイが出てるジュエリーのコマーシャル、見たよ。タイセイ、かっこよかった〜。美夢の運命の人はやっぱりタイセイで決まりだよね。潤くんもそう思うでしょ?」

興奮《こうふん》したような美夢だが、潤に尋《たず》ねながらもその答えを求めてはいない。続けて、また泰生のかっこよさを羅列《られつ》し始める。

そんな美夢に困惑《こんわく》するが、同じく呆気《あっけ》にとられている様子の大山を見つけて、それどころじゃなかったと慌《あわ》てた。

「美夢ちゃん、ごめん、これ外してくれないか。これからおれは用事があるんだ」

「用事？　美夢との約束以上に大事なことなの？」

そんなものあるわけがないとばかりに、美夢は相手にしない。

「ほら、早くタイセイに会いに行こうよ。潤くんが電話に出てくれないから、こうしてばかみたいに潤くんを待ち伏せしてたんだから。ホント、感謝してよね」

ぐいぐいと引っ張られ、手錠がはめられた手首が軋《きし》む。オモチャとはいえ、拘束力《こうそくりょく》はそれなりにあり、また相手が女の子だと思うと潤もあまり強く出られなかった。

「美夢ちゃん、待って。本当に困るんだ」

「うるさいなぁ。潤くんが美夢との約束を破るのが悪いんじゃん」

大きな目できっと睨みつけられるが、だからといって潤も引けるわけがない。

「一方的に押しつけられたものは約束なんて言わないと思う。おれは言ったよね？　美夢ちゃんを泰生に会わせるなんて出来ないって。それは今も変わってない――っ…」

「もう潤くん、うるさいっ」

潤が声を大きくすると、癇癪《かんしゃく》を起こしたように美夢が乱暴に腕を引いた。そのせいで、手錠のはまった手首を引っ張られた潤は、危うく転びそうになる。

「橋本っ」

それを助けてくれたのは、それまで様子を見ていた大山だった。

「橋本、こいつ誰だよ」

「えっと、おれのイトコなんだ」

「イトコがこんな非常識なことをするのか？」

精悍《せいかん》というより強面《こわもて》といった印象が強い大山のきつい発言に、美夢も怯《ひる》んだようだ。

「最初に非常識なことをしたのは潤くんなんだから。タイセイに会わせてって美夢がお願いしてるのに、さっさと逃げ出したのよ」

そのせいか、美夢の口調が少しだけ弱くなった。

「タイセイ？　って、もしかして昨日の男のことか？」

「あの……うん」

「ちょっと嘘《うそ》でしょっ。あなた、タイセイに会ったの？」

二人の会話を聞いて勢いを取り戻した美夢が、今度は大山にもつめ寄っていく。

「ずるいじゃないっ、美夢には会わせてくれないくせにこの男には会わせるなんて。潤くん、ひどいよ。美夢のほうがずっと前からタイセイに会いたいって言ってたのにっ」

「大山くんが泰生に会ったのは偶然なんだ。だから、別に会わせたってわけじゃ——」

「じゃ、美夢も偶然会わせてくれたらいいじゃない」

「でも、そういうのは偶然と言わないよね？　本当に、こういうのは困るんだ。美夢ちゃん、どうかわかって欲しい。泰生は、そういうのはすごく嫌うんだ。ストーカーまがいのファンもいたりして泰生も困って――っ…痛」

「そんなのと美夢を一緒にしないでよっ、失礼じゃない。美夢はタイセイの恋人になる女の子なんだから。ストーカーなんかじゃないっ」

「美夢ちゃ――」

「だいたい、美夢をタイセイに会わせないなんて、潤くんにそんな権利ないんだから。いいから、さっさと言うことを聞きなさいよっ。潤くんは黙って美夢をタイセイのとこに連れていけばいいんだよ、それぐらいしか役に立たないんだから」

ヒステリックに腕を振り回す美夢に潤は翻弄《ほんろう》される。大山に支えられているおかげで、かろうじてまともに立っていられたが、引っ張られる手首は鈍《にぶ》い痛みを訴えていた。

「おい、いい加減にしろよっ」

その大山が、しびれを切らしたように潤の手首に腕を伸ばした。オモチャだからか、それほど強度がなかった手錠は大山が力を入れると簡単にばらばらと引きちぎられてしまう。それを呆気にとられたのはほんの一瞬で、すぐに美夢はいきり立つ。

「ちょっと！　信じらんない。横暴《おうぼう》でしょっ」

「横暴はどっちだよ。さっきから聞いてれば、あんた何さまだよ。こいつに橋渡しを頼むならきちんと頭を下げて頼むのが筋《すじ》ってもんだろ。なのに、連れていけだの会わせろだの。あげくの果てには役に立てとか、あんた、一体何だよ。聞いててムカつくんだよ」

大山と美夢の間で勃発《ぼっぱつ》した諍《いさか》いに潤はただただ見つめることしか出来なかった。

激昂《げきこう》しているのは、美夢だけじゃなく大山もだ。潤のために怒ってくれるのが不思議で、信じられなかった。

「だって、潤くんなんだよ？　親せき中からハブにされてる潤くんなんかに、この美夢がお願いしてるんだから、聞いてくれるのが当たり前なのよ」

「だから、その聞くのが当たり前って考えがおかしいんだ。しかも、どう見てもお願いなんて姿勢じゃないぜ、あんたの態度は」

大山の正論にどんどん逃げ場を失っていくのか、美夢の顔が般若《はんにゃ》のような様相《ようそう》へと変わっていく。大山には勝てないとわかったのか、癇癪を起こした美夢は矛先《ほこさき》を潤へと変えた。

「潤くんだから、いいんだよっ。もう、こんな凶暴《きょうぼう》男訴《うった》えてやるっ。潤くん、いいからさっさとタイセイのとこへ連れていきなさいよっ」

「だから、それをやめろって言ってんだ。橋本、おい、もう言ってやれ。あのタイセイって男はおまえにはむりだって。自分の恋人なんだから、誰が渡すかよってな」

「はぁ？　何言ってるのよ」

「知らないようだから教えてやるよ。あのタイセイってヤツはもうとっくにこの橋本を選んでんだよ。あの男が、あんたみたいなヒステリー女を相手にするか。橋本とあいつは確かに男同士だが、あんたよりよほど似合ってたぜ」

「大山くんっ」

潤が悲鳴《ひめい》のような声を上げると、ハッと息をのむ音が聞こえた。大山が我《われ》に返った音だったのかもしれない。慌てたように大山は口をつぐんだが、美夢はしっかり聞きとめていた。

「何、それ。橋本を選んだって、似合ってたって、まさか潤くんを恋人にしてるってこと？　冗談《じょうだん》……」

笑おうとして、美夢の唇《くちびる》が中途半端な形で固まってしまった。呆然《ぼうぜん》とした表情で潤を見る。その眼差《まなざ》しを潤は受け止めることは出来なかった。

「嘘。嘘よ嘘。そりゃ、タイセイはバイだって噂があるし、最近よく男と一緒にいる姿を見たって目撃情報はあるけど、その人はすっごく美形で、だから美醜《びしゅう》にうるさいタイセイが連れて歩いているだけのペットだって……」

美夢がひとりごとのように呟《つぶや》く言葉に、潤は顔が青ざめていくようだ。

「ねぇ、嘘でしょ？　潤くんがタイセイと付き合えるわけないよね？　あのタイセイが潤くんを相手にするわけないんだから」

嘘なんてつけない。それ以上に泰生の恋人だという言葉を否定するなんて潤には出来なかった。けれど、肯定することもちょっとした問題になることはわかっていた。潤に出来ることは返事をしないことだけ。けれど、それは暗《あん》に肯定《こうてい》することを意味するわけで。

「………ふうん。潤くん、だから美夢をタイセイに会わせようとしないんだ」

潤の沈黙に、美夢がぽつりと言った。

「ち、違うよ。それは違う。本当に泰生はファンの横暴《おうぼう》に困ってて」

「うるさいぃっ。もう潤くんの話なんてこれっぽっちも信じらんないっ」

ヒステリックに叫ぶ美夢は、潤を憎々《にくにく》しげに睨みつけてくる。

「潤くんなんかを選ぶ男なんてこっちから願い下げだよ。あーあ、タイセイもたいした男じゃなかったんだ。男同士で付き合うなんて気持ち悪い。タイセイも趣味悪すぎ、みんなの嫌われものの潤くんなんかをどうして選ぶんだろ」

「おい、あんたっ」

「関係ない人間は引っ込んでてっ」

美夢の迫力に、今度は大山も圧倒されてしまった。

目を怒《いか》らせ、唇をわなわなと震《ふる》えさせた美夢は、前のめりに潤を見据《みす》えてくる。

「許さないんだから。絶対、許さない。潤くんなんて死んじゃえばいいんだっ」

呪《のろ》いのように呟くと、美夢はきびすを返した。呆然と立ちつくす潤は、それをただ見送るしか出来なかった。

どうしよう。一番まずい人物に知られてしまったかもしれない。

心臓が痛い気がして、潤は胸を押さえた。血が下がりすぎたのか、ひんやりする額《ひたい》で脈動《みゃくどう》の音だけがドクドクとやけに騒がしい。

「橋本、悪い。おれが、おれの……、いや、本当にごめんっ」

大山が潤の前で頭を下げてきた。

「ううん、そんなこと、ない」

ぎくしゃくと首を振った。

大山は潤を助けてくれようとした。それがちょっと違う方向に行ってしまっただけだ。まさか美夢があんな横暴な手段に出るとは思わなかった。あのままだったら、きっとむりやり泰生の元へ連れていかれただろう。そして、泰生にまで迷惑をかけてしまっていたかもしれないのだ。

そんなことにならなくてよかった。そう思わなければ。

実際、自分がもっと早くに決着を付けていればよかったんだ。美夢から逃げたりせずにどうにかしていれば……。

大山のせいでは決してない。

「いや、おれのせいだ。おれ、ついカッとなって。本当、ごめんっ」

「大山くん」

「昨日だって、何にも知らないくせにおまえの事情に勝手に口出ししたりして。今日はそれを謝《あやま》ろうって思っていたのになかなか言えなくて、やっと言おうと思ったら、今度はこんな……」

力なくうなだれる大山の姿に、潤は不思議に思って首を傾《かし》げる。

「大山くんは、おれを軽蔑したんじゃなかったの？」

「軽蔑？　そんなこと……」

心外《しんがい》だという顔の大山にこそ潤は驚く。

「だって、男同士で恋愛なんて……」

「それは、少し驚いた」

大山が言葉を選ぶように唇を舐《な》める。

「その…男が男を好きになるなんて、おれの中でありえなかったんだ。実は今でもまだ信じられない。でも、昨日あの男がおまえを大事にする姿を見て、頭を殴《なぐ》られた気がした。自分の常識に囚《とら》われすぎて、おまえを否定しかけていたことに気付かされた」

神妙《しんみょう》にしゃべる大山に潤は泣きそうになった。

『おまえが男同士の付き合いをどう思うかは勝手だがな。それを周囲に押しつけるのは迷惑行為だぜ？　間違っても、正義とか友情にかこつけて潤を矯正《きょうせい》しようなんて思うなよ』

『もしおまえが潤を傷つけるようなことがあったら、おれは絶対に許さねぇ』

あの時、泰生は全力で潤を守ってくれた。そんな泰生の心が大山にも伝わったのだろう。

「もちろん気付かされても納得《なっとく》するのはまた別の話で、だから本当はさっきまでおれは混乱してたんだ。気持ちの整理がつかないというか。でも、やっぱり橋本は友達だと思う。だから、ごめん。イトコだっていうさっきの女におまえたちのことを勝手にばらして。それから、昨日のことも態度が悪かったし、今朝も挨拶《あいさつ》を無視して、本当にごめん」

大山は自分のことをまだ友達だって言ってくれるんだ。

泰生との恋愛に偏見《へんけん》を持たないでいてくれることも、理解しようと努力してくれるその姿勢も、潤にはとても嬉《うれ》しかった。

冷え切っていた心が、ほんの少しだけ温かくなる。唇がしぜん引き上がるのを感じた。

「ううん、もう謝らないで。それより、ありがとう。友達だって言ってくれて、本当に嬉しい」

「な、何だよ。そんな顔して言うなよ。何か、変な気分になるじゃないか。いや、変な気分というのは決して変な意味じゃなくて、その……」

「大山くん？」

「――――何でもない」

支離滅裂《しりめつれつ》な発言を繰り返していた大山に潤が首を傾げると、疲れたようにため息をつかれてしまった。

「なぁ、さっきの女、大丈夫か？」

ひと段落して、大山が言いにくそうにそれを切り出してくる。が、それはどうなるか、今は潤にもわからなかった。

潤の家庭は複雑で、潤の立場もひどく微妙《びみょう》だ。あまりいい方向にいかない気がするが、それを今口にしても大山に負担をかけるだけだろう。

だから、潤は首を振る。

「大丈夫だよ。ありがとう、心配してくれて」

「いや、おれのせいだし。何かあったら言ってくれ」

最後まで神妙な態度の大山に頷《うなず》いて、潤は帰宅の途《と》についた。

泰生のマンションに帰ると、潤の気分は急降下していく気がした。

泰生のいない室内はしんと静まりかえっていて、自分がひとりでいることを際立《きわだ》たせるせいかもしれない。

美夢は誰かに言うだろうか。

以前、祖母《そぼ》に言いつけるという捨てゼリフを口にしたことはあったが、もし祖父母《そふぼ》に潤と泰生の付き合いを告げ口するようなことがあったら、きっと大問題になるだろう。もしかして、泰生にも何かしら迷惑をかけることになるかもしれない。

そう思うとゾッとした。

ぶるりと震えた体を両腕で抱きしめて、ソファに埋《う》もれる。泰生がつけるフレグランスがふわりと立ち上ってきて、潤は瞼《まぶた》を閉じた。

それだけは嫌だ。そんなことは絶対させない——。

潤は強く思うけれど、今の潤の立場で出来ることは何も考えつかなかった。思いの強さだけは何者にも負けない自信はあるのに、自分の力のなさが歯がゆくてならない。

泰生は潤を守ってくれる。けれど、自分は泰生を守ることが出来ないなんて。

泰生――――…。

とりあえず、泰生が帰ってきたら今日のことは話しておこう。

姉の玲香《れいか》にも話しておいた方がいいだろうか。

そう思って携帯電話を手にしたときだ。

インターフォンが鳴ったので、宅配便か何かかと何げなくモニターを覗《のぞ》いて息をのんだ。

「な…んで」

父の正《ただし》がいた。

マンションに入るセキュリティドアを開けるためのインターフォンだが、どうして泰生を訪《たず》ねて潤の父親が来るのか。

険《けわ》しい表情の父に、気短《きみじか》に二度、三度とインターフォンを鳴らされて、潤は思わず通話ボタンを押してしまった。

『潤、いるのだろう。開けなさい』

聞こえてきた冷たい声に潤は震え上がる。

潤の指は、しかし条件反射のように動いてしまっていた。セキュリティドアを開けてから数分も経《た》たないうちに、今度は部屋の前のインターフォンが鳴らされる。のろのろと玄関へと行ってロックを解除《かいじょ》すると、勢いよくドアが開いた。

「潤っ、美夢から聞いたぞ。おまえはここに恋人と一緒に住んでいるらしいな。それも、男の恋人だというが、本当か」

厳《きび》しい詰問《きつもん》に、潤は目の前が真っ暗になる気がした。

よりによって父に言うなんて――…。

潤にとって父親とはほとんど接触がないゆえに、父親は祖父母以上に怖い存在だった。

だから、何を言われるか、どんなことをされるのか、まったく想像がつかない。

さっきまでの心配が今まさに現実のものとなっていた。

「潤、私が聞いているんだ。答えなさい」

静かだが厳しい口調だった。恐ろしいほど冷たい声だった。そこに激しい怒りが込められているのがはっきりと伝わってくる。

だから、潤の口は言葉を紡《つむ》げなくなる。

震える唇を、干上《ひあ》がった喉《のど》を、乱れる呼吸を、必死に平常に戻そうとするけれどどうしても出来なかった。

「潤っ」

怒鳴られて、潤は唇を嚙《か》んで頷く。痙攣《けいれん》するように何度も、頷いた。

その瞬間、父の険しい顔にパッとあからさまな怒りが飛んだ。

「おまえはそれでも私の息子なのかっ」

殴られると思った。しかし、拳《こぶし》は飛んでこず、かわりに言葉で叩かれた気がする。

耳鳴りのような音が潤の頭の中に質量を伴《ともな》って広がっていくようで、それが視神経を圧迫しているみたいに目の前がグラグラした。

「まだ学生だというのに、恋人と同棲《どうせい》なんて冗談じゃない。その上、相手が同じ男だなんて、おまえは頭がおかしいんじゃないのか？　今日美夢から連絡があったときは耳を疑《うたが》ったが、まさか本当だったなんて」

そんな潤を完膚《かんぷ》なきまで叩きのめすように、鋭《するど》い詰責《きっせき》が次々と父の口から飛び出してくる。

「男同士で好きだの何だの、ありえないだろうっ。異常なことだ。普通の男はそういうことを考えないぞ。そうだ、病気なんだな、おまえはおかしな病気にかかっている――」

皮肉にも、父がこんな感情的にしゃべるのを潤は初めて聞いた。

真っ白い顔色でぶるぶると震える潤を、ようやく父がまともに見た。何かまだ言おうとしていた口が、そこでようやく閉じる。

息が上がっているのか、それとも気持ちを鎮《しず》めるためか。肩を上下させて深呼吸を繰り返し、今度は潤を見ずに父は言った。

「もういい。さっさと帰るぞ」

手首を摑まれて引っ張られ、潤は裸足《はだし》のまま玄関の床を踏む。しかし、大理石の冷たさに打たれたように、ようやく体が動けるようになった。同時に思考も動き出す。

帰る？　ここから、どこに？

とっさに踏みとどまるように足に力を入れると、振り返った父の眉《まゆ》が大きく上がる。

「――何をしている」

ガクガクと膝《ひざ》はおかしいくらい震えていた。体は凍りついたようにこわばっている。それでも、再度引っ張られた腕を潤は全身を使って引き戻した。

「おれ…おれは、ここに。ここにいます。帰りたくないです。おれはっ」

「何を言ってるんだっ」

「ごめん…なさい。ごめ……な……さぃ、それでも、おれは……っ」

ごめんなさい。本当にすみません、許して下さい。

おれはここにいたい。泰生の帰ってくる部屋にいたい。泰生の傍《そば》にいたいんだ――――。

潤は震える唇で何度もそう訴えようとする。けれど、喉が干上がってうまく声が出なかった。ようやく出た擦《かす》れ声も、しかし父に届くことはない。

「来なさいっ。何をふざけたことを言っている。そういう子供じゃなかったはずだろう、おまえは。やはり病気だ。男同士で好きだの付き合うだの、おかしな考えに囚われているからそんな反抗的にもなるんだ」

父は潤をむりやり抱《かか》えるように部屋から連れ出した。

ガチャンとオートロックの扉が閉まる重い音を聞いたとき、もうこの部屋には帰ってこられない気がして、しぜん涙がぼろぼろとこぼれ落ちてくる。

「父さん、ぃやだ、お父さんっ」

泣きじゃくる潤に、父はむきになったように無言で潤の腕を引っ張り続けた。だから、車に押し込まれる頃には、もう抵抗することも抵抗しようと考えることも出来なくなっていた。

勘当された屋敷へと連れ戻された潤は、その日以降、部屋に閉じ込められてしまった。


屋敷の自室に軟禁《なんきん》されて二日。

食事を運ぶとき以外、外から鍵《かぎ》をかけられているドアを見据えて、潤は深いため息をつく。

この二日間、何も出来なかった。

携帯電話は取り上げられ、心配しているだろう泰生に連絡を取ることも出来ない。姉の玲香に伝言を頼もうかと考えたけれど、今回の同居には玲香も関わっていることを知った父は、玲香も同様に自室で謹慎《きんしん》させているようで、潤とは接触させないように注意を払っているらしかった。

だから、潤は家の中でのことも外でのことも、ましてや泰生のことも一切わからなかった。

しかも、こんな生活はしばらく続くらしい。

明日から始まる学校へも車で送迎《そうげい》される予定になっていて、潤の自由は一切なくすようなことを父から言い渡されていた。予備校の代わりに家庭教師を雇《やと》うことも決まっていて、まさに潤は全方向から包囲されたようなものだった。

ただひとつ救いなのは、父が祖父母に対して泰生との同居を告げていないことだ。

父が何を考えているのかはわからないが、今回のことは、潤が素行《そこう》の悪い人物と同居していたから屋敷に連れ帰ってきたことになっている。

そのおかげで、祖父母からは男同士の同棲に関しての詰問は受けなかった。

もっとも父としては、自分の息子が同じ男を好きになったことは、口にするのさえ汚《けが》らわしいということなのかもしれない。

しかも父は、潤を見張るためにか、連日屋敷に帰ってきていた。

とても意外なことだが、どうやら父は潤を放任していたせいでおかしな方向へ向かったのだと、今さらながらに反省しているらしい。

潤を屋敷に連れて帰ってきた当日は、潤の教育を任せていた祖父母と大ゲンカをやらかしていた。祖父母がしっかり見ておかなかったから潤の素行がおかしくなったのだ、と。

そのせいで、今度は潤が祖父母からさらにきつく当たられてしまったのだけど。

『おまえは異常だ。病気なんだ』

潤の処遇《しょぐう》に悩んでいた父がようやく見つけた解決法は、潤を通院させることらしい。

学校が始まる明日には病院に行くことが決まり、潤の心はぺしゃんこにつぶれそうになる。

潤が泰生を好きになった理由も、男同士でも構わないと思えるぐらい泰生を求めている理由も、どうして父は聞こうとしてくれないのか。

潤は何度も父に話をしようと試《こころ》みたのだけれど、その一切を父は拒絶《きょぜつ》する。病気の人間が言うことを聞いて何になると、耳も貸さなかった。

自分の理解できないものは、父の世界ではありえないことになるらしい。だから、潤のことだって病気ということで解決しようとする。

でも、そうじゃないのに——。

ふっと、また潤の口から知らずため息がもれていた。

潤に今出来ることは勉強だけで仕方なく机に向かうけれど、色々考えてしまい気もそぞろだ。

しかも今日は朝から階下が慌《あわ》ただしく、祖母のヒステリックな声が何度も響《ひび》いていて、集中も途切《とぎ》れがちになった。

泰生、突然いなくなったりして心配しているだろうな……。

一番気にかかっているのはやはり泰生のことだ。

何の伝言も残せずにマンションから連れ去られてしまった。もちろん今も連絡ひとつ出来ずにいる。過保護《かほご》な泰生のことだから、潤がいなくなってずいぶん探し回ってくれているのではないだろうか。玲香と連絡が取れていれば事情がわかるだろうが、そうでなかったらさぞ気に病《や》んでいるに違いない。

そんなことを考えるといても立ってもいられなくなる。泰生と会いたいのはもちろんだが、それ以上に、泰生と連絡を取って安心させたかった。

コンコン――…。

そんな時、ノックと共にドアのロックが解除された。姿を見せたのは食事トレーを持った女性使用人だ。

まだ五時を回ったばかりなのにと、潤は首をひねる。

「夕食には少し早いですが、今日は大事なお客さまがいらっしゃいますのでお持ちしました」

冷ややかな口調で言われた。

朝から騒がしかったのは客が来るからだったのか。

「いったい、どなたがいらっしゃるんですか？」

「潤さまには関係ないことだと伺《うかが》っております」

いつものように質問もばっさり切り捨てられ、潤はうなだれると緩《ゆる》く手を丸めた。

使用人が出ていってから、のろのろとスプーンを握る。ぬるいスープは決してまずいわけではないのに、潤にはまったく味を感じられなかった。

泰生は、食事を単身では取りたがらない。だから、朝食や夕食はなるべく潤と一緒にするようにしていた。ほとんどはデリバリーや外での食事ではあったが、泰生の話に耳を傾け、今日あった出来事を話し、ときに泰生にからかわれて頬《ほお》をふくらませたりしながら、潤も食事という時間を大いに楽しんだ。

そんな毎日がいつしか潤の日常となっていただけに、今こうしてひとりで取る食事が味気なくてならなかった。

しかも、その泰生から切り離されているのだから。

「泰生に、会いたい……」

切《せつ》なくて、胸がよじれそうだった。

泰生のことを思うと、とたんに食事も進まなくなる。むりに飲み下すことも出来なくなった。

スプーンを置くと、潤は胸を押さえて体を丸める。

泰生がいないと、自分はこんなにも弱い。

泰生を守りたいとか考えていたくせに、いざ泰生と離されてしまうとどうしたらいいのかわからなくなる。

けれど、ふと思い出して潤は顔を上げた。

先ほど使用人が出ていくとき、鍵の音はしたか————?

ゆっくり立ち上がると、ドアに近付きノブを回した。何の抵抗もなくドアが開いたことに、潤はしばし動きを止めた。息まで止めていたようで、そっと肺にたまった空気を吐き出す。

思いもかけず深呼吸になったが、そのおかげで少し気持ちも落ち着けた。

机に戻って財布《さいふ》をジーンズのポケットに押し込むと、潤は人気のない廊下へと滑《すべ》り出た。

潤が育ったこの敷地には、祖父母が居住スペースとして使っている和館と、玲香と潤が暮らしている洋館が建っている。玲香が嫌うため、使用人は極力洋館へは立ち入らない決まりになっているが、今日は客が来るせいでその準備のために階下も騒がしいのだろう。

けれど、さいわい玄関へはリビングを通らずに行ける。しかも、使用人が出入りしている配《はい》膳《ぜん》室はすべて和館にあり、ふたつを繋ぐ渡り廊下は玄関とは反対側にあった。

誰の目にも触れず、潤が出ていくことも可能かもしれない。

泰生に、会うだけだ……。

軋む廊下を潤はそろそろと歩き出す。

泰生に会って、事情を説明して、ほんのちょっと抱きしめてもらって……。

自分が大胆なことをしているとわかっていた。もし、祖母にでも見つかったら折檻《せっかん》されることは間違いない。未だ、潤の心を支配している祖母に見つかることを考えると足が震えるようだ。

けれど、それでも今は泰生に会いたかった。

それだけが原動力となって、潤を動かしていく。

階段を下り、玄関のホールへと続くステンドグラスの仕切りを抜けると、ようやく姿を隠せるためほんの少しホッとした。気の急《せ》くままに、足早にホールを駆け抜ける。

ガチャン――…。

しかし、玄関ドアに手をかけようとしたとき、そのドアが外から開いてしまったのだ。ドアを開けて入ってきたのは父の正だった。

「っ……」

「潤、おまえ……」

どうしてここに父がいるのか。

潤は足が竦《すく》んだが、父も部屋にいるはずの潤がなぜここに立っているのか驚いているようで、しばし二人は見つめ合ってしまった。

我に返ったのは潤が早かった。父とドアとの隙間《すきま》に体を滑り込ませる。が、外へ出る前に父に捕まってしまった。

「どこへ行くっ。まさか、男のところか!?」

「ごめん、ごめんなさいっ。今だけは許して下さいっ」

父に摑まれた手首を、潤は必死に引きはがそうとする。が、父も全力で潤を引き止めにかかった。皮ふに食い込む父の爪が痛い。その強すぎる力が、父の頑《かたく》なまでの決意に思えて潤は悲しかった。

「許せるものかっ。汚らわしい、男同士など私は絶対許さないぞっ」

「っ…、父さん、離してくださいっ」

父子《おやこ》で激しく揉《も》み合うような騒動に、リビングにいた人間が気付かないわけがない。

「何を騒いでいるんですか、見苦しいっ。もうすぐ、大事なお客さまがいらっしゃるというのに、みっともなく騒がないでちょうだいっ」

祖母が眉をつり上げて歩み寄ってくる。上等な色とめ袖《そで》に金箔《きんぱく》の帯といういでたちの祖母を見て、これから迎える客がどれほど重要であるのかを知る。

「潤さん、あなたもなぜこんなところにいるんですか。部屋で謹慎させていたはずですよ。誰か、今すぐ潤さんを部屋に連れていきなさい。みっともないあなたを大切なお客さまの前に出せるものですか。部屋に鍵をかけてしっかり閉じ込めておきなさいっ」

すぐに使用人のひとりが飛んできて、潤へと近付いてくる。だから、潤は今一度父の手から抜け出そうと抵抗を始めた。

「お願いですっ。今だけでいいんです、外へ行かせて下さいっ」

「ふざけるなっ、今もこの先も男になど会いにいかせるものか。男が相手なんて許さないぞ。そんな異常な行動も感情も私は絶対に許さない」

「嫌だ、嫌、嫌ですっ、離してっ……泰生、泰生――っ」

父と使用人の二人がかりで抵抗を封じ込められ、潤は絶望感に切なく叫んだ。

もう一生泰生と会えないような気になった。

泰生、泰生、泰生っ。

「――待たせたな」

だから、背後で泰生の声がしたときは幻だと思った。肩に乗せられた大きな手も、拘束された潤の手首を取り戻すために動いた腕も、背中に触れた広い胸も。

けれど、潤を包み込む憶《おぼ》えのある香りは幻にはありえないほどはっきりしていたから驚いた。

このオリエンタルな香りは日本では泰生だけが身にまとう特別なものだから。

「泰…生っ」

振り返ると、そこには確かに泰生がいた。なのに、今まで見たこともない泰生の姿に、潤は一瞬戸惑う。

「お約束通り、結婚の申し込みに参りました――」

凛《りん》と、張りのある声はいつも通りだが、その口調は今まで聞いたことがないほど気品にたけたものだった。人を従えることを当たり前として育った人間特有の力ある口調だが、傲慢《ごうまん》というより高貴な印象を強く受ける。

「泰生……？」

彫刻家によって彫り上げられたような端整な顔には、いつもあるはずのアクや甘さはまったく見当たらず、鷹揚《おうよう》とした柔らかさだけが横たわっている。長めの髪をきれいに後ろへと撫でつけ、上品なスリーピーススーツをまとった泰生は、まさに貴公子そのものだった。

潤が半ば呆気にとられ、半ば見とれていたら、その視線の前で泰生の表情が崩れた。擽《くすぐ》ったそうに唇の端《はし》が動いたかと思うと、きっちり締められていたネクタイに指がかけられる。

「あー、かたっ苦しいぜ。いつまでもやってられるか」

やけに乱暴な口調で呟いたあと、人差し指を結び目に突っ込んで無造作にネクタイを緩めた。

皆があ然とするなか、泰生はさらに撫でつけられていた髪をぐしゃりと乱す。

「落っこちそうな目ぇして」

目を丸くしている潤に、泰生は片方の唇を引き上げるように苦笑した。潤が惹《ひ》かれてやまないアクの強い魅惑《みわく》的な笑顔だ。

「――潤をいつもいじめてたのはあんただよな、バアさん？」

そして、今にも倒れそうなほど仰天《ぎょうてん》している祖母に視線を向けた。

「な、なんですか。あなたはっ」

華族《かぞく》出身の祖母は、家の中でも外の世界でも女王さまのような扱いを受けていたからか、泰生からまさかの『あんた』や『バアさん』発言に息が止まりそうな顔をしている。

「潤がこんななりして生まれてきたのは潤のせいじゃないのに、いつもネチネチといびるなんて性格悪いよな。自分の保身《ほしん》ばかりに一生懸命で人の気持ちを大事にしないなんて、先が見えてるようなもんだぜ？　死ぬときに誰も傍にいないなんてわびしい老後にならねぇようにな」

泰生のあまりの毒舌《どくぜつ》ぶりに潤のほうが胸がドキドキした。

「ふざ、ふざけないでちょうだいっ。あなたはいったい誰なんです。突然やってきて、こんな暴言《ぼうげん》、許しませんよっ」

わなわなと震えていた祖母が顔を真っ赤にして泰生を怒鳴《どな》りつけるが。

「いいぜ、許さなくて。あんたに許されなくても、おれは痛くも痒《かゆ》くもないから」

泰生は涼しげにかわしてみせた。冷笑にも似たそれだが、泰生の貴公子然とした格好も相まって、おかしがたい気品に満ちた微笑みにさえ見えた。

「で――」

しかし、その微笑みが瞬時に質を変える。

唇を大きく引き上げ、ゾクゾクするほど挑発的《ちょうはつてき》に泰生が祖母を見た。研《と》ぎすまされた刃物のような鋭さと蕩《とろ》けるような甘さが混じり合う眼差《まなざ》しで見つめられたせいでか、気圧《けお》されたように祖母が息をのんでいる。

「結論から言うと、潤はおれがもらう。あんたらにとって潤はジャマでいらない存在なんだろ？　だったら、文句ねぇよな。今後こいつには一切手出し無用だぜ。こいつの幸せを奪《うば》う権利はたとえ身内であろうとないんだから。今までのことには目をつぶるけど、これからは容赦《ようしゃ》しねぇ。おれが相手になるぜ」

「なっ」

言われたことが理解できないように祖母が顔を歪《ゆが》めた。何か反論する言葉を探しているのか、それとも声も出せないほど激昂《げきこう》しているのか。口を開けたままぱくぱくと震える唇を動かしている。それを横目に、泰生はさっさと父に向き直った。

「あんた、潤の父親だってな？　ふぅん、顔は少し似てるけど、潤のほうがやっぱ可愛いな」

面白がるように父の顔を凝視《ぎょうし》してから、にぃっと挑戦的に唇を引いてみせた。

「初めまして、お義父《とう》さん？　よくもおれの潤を攫《さら》ってくれたな、さっそく取り返しに来たぜ」

父親にまで宣戦布告《せんせんふこく》する泰生に、潤は圧倒される。

祖母も父も、潤の頭を有無を言わせず押さえつけるようなところがあって、潤にとっては刃向かうことなど考えられない存在であったのに、そんな人間に向かって啖呵《たんか》を切る泰生には本当に驚いた。

そんな泰生に、すぐに父は目の前に現れた男が潤の恋人だと気付いたらしい。不愉快げに顔をしかめると、厳しく睨《ね》め上げる。

「きさまに『お義父さん』などと呼ばれる筋合いはないっ。しかも、人の息子を摑まえて何が『おれの』だ。ふざけるな。さっさと出ていきたまえっ」

「父さんっ」

「潤、おまえもいつまでそこにいる、こちらに来なさいっ。まったく汚らわしい、男同士で抱きあうなど間違っているだろう。おい、潤。潤っ」

いつもの威圧的な口調で命令されると、潤は思わず体がこわばってしまった。すぐにでも言うことを聞かなければいけない気持ちになる。呼ばれる声にぐっと奥歯を噛んだとき、肩にのせられていた泰生の手に励ますように力がこもった。

「はっ。常識に凝り固まった人間ほど厄介なものはないな。汚らわしいって、自分の息子に対して言うことか？　人間が人間を好きになる気持ちに間違いとか間違いじゃないとか、あるわけないだろ」

「何だと」

「あんたさ、普段潤を放りっぱなしのくせに、何でここで顔を出してくるわけ？　さんざん潤を寂しがらせておいて、こんな時ばかり父親面すんなよ。親の最低限の仕事もしないで権利ばかり主張するのはおかしんじゃね？」

激昂すると思った父が、なぜか泰生のセリフを受けて怯んだように顎《あご》を引くから驚いた。

「き、君には関係ないだろう。家族の問題に他人が口出しするのはやめてもらおうか。それに、私はきちんと父親としての義務は果たしている」

「父親としての義務って何だよ。まさか、金を出して都合のいいときだけ口を出すってことじゃねぇよな？」

呆れたように泰生が肩を竦めると、父はとうとう顔を背《そむ》けてしまう。

父さん……？

急にトーンダウンした父に潤は眉をひそめる。泰生もほんの少し口調を和《やわ》らげ、しかしとどめを刺すように言葉を継いだ。

「潤はさ、あんたに――あんたらに散々虐《しいた》げられて、出会った頃なんか死んだ魚みたいにうつろな目をしてたんだぜ？　笑ったり怒ったりも少なくて、勉強以外は何にも知らないヤツだった。でも、今は違うだろ。笑うし怒るし、こんな困った顔もする。おれが潤をこんな可愛いヤツに育てたんだ。父親のあんたでも、ましてやそこにいるバアさんでもない。だから、おれには潤をもらう権利があるはずだ。こいつには、この先もたくさん幸せを与えてやる。あんたらには出来ないことも、おれには出来るからな」

「泰生……」

どうしよう、胸が熱くてどうにかなりそう。

泰生が来てくれた。それだけで胸がいっぱいなのに、潤を思って抗弁《こうべん》してくれる泰生に体が震えるほど感動する。

けれど、闖入者《ちんにゅうしゃ》である泰生の衝撃からようやく立ち直ったらしい祖母たちが、対処に動き始めた。

「さ、さっきから聞いていれば、あなたは誰なんですっ。どうやってこの屋敷に入り込んだんですか。警察を呼びますよっ」

祖母の金切《かなき》り声に潤は思わず目をつぶる。

そうだ。どうして泰生がここに立っているんだろう。この屋敷はセキュリティが結構厳しくて敷地内には勝手に入れないのに。

このまま泰生と逃げ出した方がいいかと潤は気を揉むが、泰生はいたって平然と祖母と向き合ったままだ。そんな泰生の背後に立っていた使用人が恐る恐る進み出てきた。

「あの、奥さま。その、彼は……彼こそが榎《えのき》さまでいらっしゃいます。元榎侯爵《こうしゃく》家のご長子、榎泰生さまでいらっしゃるのです」

その言葉に、祖母がひっと息をのんだ。フラフラと、卒倒《そっとう》せんばかりの祖母を周《まわ》りの使用人が慌てたように支える。

「そ。おれが榎泰生。結婚の申し込みに来た、榎家本流の跡取《あとと》りだよ。もっとも、おれは父親の跡を継ぐつもりなんてこれっぽっちもないけど」

「そんなっ。結婚の申し込みって、玲香さんじゃなくて⁉」

「別に玲香が相手なんてひと言も言ってないぜ、榎家としては。勝手に誤解したのはあんたらだろ」

「そ、なっ、だって潤さんは男でしょうっ」

「男だから何？　関係ねぇだろ、好きになったんなら男も女も」

あっけらかんと言い切った泰生に、潤は苦笑しながら目を擦《こす》った。胸が震えて困る。

「おれが欲しいのは潤だけなんだよ。誰が玲香みたいな女王さまと結婚しようなんて思う。ま、あんたたちの中じゃ一番まともな人間だけどな。バアさんみたいに、今どき家柄や権力だけでしか判断できないようじゃ、この家も早晩没落《そうばんぼつらく》するぜ。さっさと玲香にでも家督《かとく》を譲《ゆず》ったほうがいいんじゃね？」

泰生の告白に感動するも、辛辣《しんらつ》になっていく発言に潤はあわあわする。案《あん》の定《じょう》、祖母は最後の力を振り絞るように泰生に食ってかかっていく。

「男同士で結婚なんて出来るわけないでしょうっ、なんて非常識な。あなたが榎家の跡取りなんてとても思えないわ。勝手に名前を騙《かた》っている詐欺《さぎ》師か何かに違いない。誰か、今すぐ榎家に連絡してちょうだい。警察も呼ぶのよ。あのご立派な榎家のご当主がこんな無法なことを許すはずないんだからっ」

「残念だな、バアさん。その『ご立派な榎家のご当主』もすべて了承済みなんだよ。何なら、直接話してみるか？　おれの携帯から、オヤジへのホットラインをつなげてやるぜ？」

泰生の容赦のなさにハラハラしかけたとき。

「――そのくらいにしてくれないかしら」

奥から姿を見せたのは、姉の玲香だった。

潤と同じく謹慎させられていた玲香だが、潤ほど厳しく監視されていたわけではないらしい。

何とも豪奢《ごうしゃ》な大ふり袖を着ている玲香は、泰生にやり込められて言葉を失ってしまった祖母と父の横に立った。

「それにしても派手な立ち回りね、二階まで筒抜けだったわ。でも、この辺りで勘弁《かんべん》してくれないかしら？　今回のことは非はこちらにあるし、あなたに責められるのも自業自得なのだけれど、さすがにこれ以上は気が咎《とが》めるわ。祖母も父もあなたのような存在には慣れていないから、攻撃の威力は倍以上に感じるはずだし」

玲香の言葉に、泰生が面白くなさそうに鼻の上にしわを寄せた。

「ふん、仕方ね。んじゃ、こいつはもらっていくから。もうここには帰さないけど、一生幸せにしてやるってことは誓《ちか》っておくぜ。潤、行くか――…と」

何が何だか未だにわからない潤だが、肩にのせられた泰生の手に促《うなが》されるまま歩き出そうとした。が、泰生はまた何か考えるように足を止めてしまう。そして、潤をくるりと方向転換させると、祖母と父の前に押し出した。

「潤、この際だ。言いたいことは全部言っちまえ。もうここには帰さないつもりだから」

泰生は潤のすぐ後ろに立ち、そう耳打ちしてくる。

帰さない――。

そうか、自分はもうここを切り捨てるのだ。泰生と一緒に歩むために。

結婚だの何だのと言っていたのは喩《たと》えだろうが、潤は縁が薄かったこの橋本家から完全に切り離されるのだと実感した。

それは一般的には寂しいことなのかもしれないが、潤は違う。

ふっと、肩から力が抜けるのがわかった。橋本家の恥になるなとずっと押さえつけられ、縛《しば》りつけられてきたものからようやく解放されるのだから。

「お祖母《ばあ》さま」

普段は気の強い祖母がさまざまな衝撃を受けたせいでか、息も絶え絶えに立っていることしか出来ない。玄関ホールの脇《わき》には顔色の悪い祖父もいた。

「おれには、やりたいことがあります。気持ちをそわせたい人がいます。自分が思う通りに生きていきたいから、もうあなたたちの言うことは聞けません。だから、この家を出ていきます」

潤に真っ向から反抗されて最後の気力を失ったのか、祖母はへなへなと床に座り込んでしまった。慌てたように、使用人が駆け寄る。

「ごめんなさい」

が、潤はそんな祖母にもう言葉をかけるしか出来ない。

そして、そのまま父と視線をあわせる。びくりと体を震わせた父は、なぜか潤の発言を恐れているように窺《うかが》えた。

「おれが、父さんから嫌われているのは知っています。以前はそれが悲しくて寂しかったけど、おれには関心がないと思っていた父さんと、こんな関わりあいではあったけど今回真正面から向かいあえたことは、本当は少し嬉しかったです」

潤の言葉を聞いて、父の顔が歪んだ。それが泣きそうな顔に見えたのは、潤の願望が見せた幻だったのかもしれない。

潤はすべてを振り切るように、そんな父にも背中を向けた。泰生の顔を見上げると、ふっと優しく微笑《ほほえ》まれる。

「もういいか？」

尋ねられ、潤は頷く。

いつの間にか玲香が出入り口に立っていて、玄関ドアを外へと開いていた。

「あなたが私の弟でなくなるわけではないのはわかってるわね？」

いつもよりずいぶんな早口で言われて、潤は小さく笑みを見せる。

何だか、本当にお嫁に行くみたいだ……。

「うん、ありがとう、姉さん」

潤は泰生と一緒に歩いて屋敷を出た。

振り返らず、泰生と一緒に歩いていく。

マンションの部屋へ帰る車の中で、泰生は今回の一連のことについて種明《たねあ》かしをしてくれた。

おととい潤が父によって屋敷へと連れ戻されたとき、姉の玲香が泰生に連絡してくれていたらしい。それでもその電話があるまで、潤の不在に泰生はずいぶん心配したという。

潤が屋敷で軟禁されていたときも、泰生は玲香と連絡を取りあっていて、潤の事情を潤以上に知っていたから驚いた。

潤と泰生の関係がイトコの美夢によって父にバラされてしまったことはもちろん、事実上同棲していたせいで父がヒートアップしたこと、今後潤は今まで以上に家に縛りつけられるか、しばらく外国へ留学させるかもしれないということ。

そこで、潤の救出を計画したらしい。

泰生の強行案を最初玲香はむちゃだと反対したが、泰生は一刻も早く潤を救い出すことを譲らなかったことが、話してくれる口ぶりから知れた。そしてこの際、潤を囲い込んでしまおう、と色んな人間に協力を求めたことも。

「もともと、おれのものにするつもりだったし」

当然のように言って、泰生が長い足を優雅に組み替える。

二人が今乗っている車は榎家所有のもので、広い車内は泰生がゆったりくつろげるほどスペースがあった。泰生の腕は潤の腰を抱いていて、二人くっついて座っているからどう見てもただならぬ関係であるのに、年配の運転手はまったく我関《われかん》せず。無表情に前を向いたままだ。

「潤のバアさんたちがすこぶる家柄や権力に弱いってことを玲香から聞いてさ。先日潤にちょっかいをかけたオヤジにも、この際貸しを返してもらおうってことで一計を案じたんだ」

泰生の実家である榎家は、皇族妃も出したこともある元侯爵家。潤は知らなかったが、上流階級では知らない人はいないと言われるほどの名家だそうで、商才にたけていた泰生の祖父と父によって財をなしてからは資産家としても名高いらしい。

そんな榎家当主である幸謙《こうけん》も巻き込んで今回のことを計画したらしいが、確かに由緒ある榎家から正式に縁組みの申し込みを受けたら、祖父母も大喜びで承諾したことだろう。縁組みの相手だって、普通は玲香以外だとは考えないはずだ。

祖母が言っていた大切なお客さまというのはまさに泰生で、どうりでさっき見た玲香がふり袖を着ていたわけだ。ひと芝居打って、泰生を迎えるために準備していたのだろう。

泰生や玲香、そして泰生の父にも、尽力《じんりょく》してもらったことを潤はとても嬉しく思った。

「バアさんたちもあれだけ叩かれたら、しばらくは大人しくなるだろ。その間におまえはしっかり地盤《じばん》を固めとけ。横から揺すられたぐらいじゃびくともしないしっかりとしたヤツな。おれも協力するから」

「はい」

潤が頷くと、腰を抱いていた手が上がってきて、頭をぐしゃぐしゃとかき交ぜた。

「何たって、潤はおれの嫁になったんだからな」

「えっ」

「何だよ、ちゃんと言っただろ。結婚の申し込みに来たって」

「え、いや、あれ……──えぇっ」

車内で思わず大声を上げかけて、潤は慌てて口を押さえる。が、そのまま上目遣《づか》いに泰生を見上げると、呆れたような泰生から額を軽く指で弾《はじ》かれてしまった。

「っ…痛いですーっ」

「うっせ。人の気も知らないでのんきな声を出しやがって」

恨めしげに上目遣いで見るが逆に泰生からは睨み返されてしまう。そのタイミングで泰生のマンションの前に車が到着したため、応戦は部屋まで持ち越し──にはならなかった。

「っ…ん、ぅっ……泰っ…生、ここ、エレベーターの中で…ん」

エレベーターに乗り込むと、内部に人がいなかったこともあって、泰生にきつく抱きしめられていた。そのまま奪うようにキスをされ、潤は必死に泰生を思い止《とど》まらせようと腕を叩く。今の今まで鷹揚としていた泰生なのに、潤の呼吸まで奪いかねない余裕のないキスに驚いた。潤の存在を全身で確かめているような感じがする。

電子音と同時にドアが開いて、ようやくキスが解《と》かれた。開かれたそこに人がいなくて本当にホッとする。が、すぐに泰生は潤の手首を摑んで歩き出し、二日ぶりとなる泰生の部屋へと滑り込んだ。

「っ、……んんっ」

閉まった玄関ドアに押さえつけられるように、またキスに襲われた。

普段、口数は多い泰生なのに、車を降りてから少しも言葉をくれない。怖いぐらいガツガツと潤をむさぼってくる。

「うっ…ん、ん、っは……ぅうんっ」

泰生の本気のキスに、潤がなすすべもなく翻弄《ほんろう》されるのは当たり前のこと――。

泰生がキスが好きなのは、付き合い始めてすぐに知れた。

普段でも目があったというだけでキスをされることもしばしばで、セックスのときはひときわ長い。甘くて、ほんの少し苦くて、けれどとびきり気持ちのいいキスをされると、潤はもう何も考えられなくなるから困る。場所も状況も何もかも、頭からすっ飛んでしまうから。

遊ぶようなキスも、セックスへとつながる官能的なキスも、泰生がくれるキスには深い思いが満ちていて、それが唇を通して伝わってくるせいかもしれない。

今だってこんな場所じゃダメだってわかっている。泰生の様子がいつもと違うのが気になってもいるのに、体はキスに蕩けていくのだ。

いや、いつも以上に激しいキスに潤は瞬《またた》く間に思考さえも奪われていく。

「っふ、んーん、ゃっ…う」

唇をゆるく噛まれて腰の奥が甘く疼《うず》いた。ねっとりと舌を絡《から》められて背筋に小さな電流が生まれる。疼きが、痺《しび》れが、体をゆっくり巡《めぐ》りさらに深い快楽を掘り起こしていくようだ。

膝がガクガクと震えて立っていられなくて泰生の腕に縋るけれど、キスの激しさにその指の力さえ抜けていく。玄関ドアを背にずるずると体がずり落ちていった。それに伴《ともな》って泰生も体を屈《かが》ませてくる。

唇が離れて、ようやくまともに息が継げる。

泰生の息も荒い。もちろん、潤はそれ以上に荒かった。

「泰…泰…せ、ぃ…生」

「ばか潤。勝手にいなくなるんじゃねぇよ」

額を押しつけ覗き込んでくる泰生の瞳は切なくて甘く、そしてなぜか苦々しい。

「一緒に暮らし始めたばかりだってのに、おれの中じゃ当たり前になってたんだよ、この部屋におまえがいることは。だから、帰ったときにおまえがいなくて心臓が止まるかと思った。あれはマジ焦《あせ》った、思考が一瞬飛んだからな」

泰生の指が潤の襟元辺りで蠢《うごめ》く。スッと首回りが楽になって、冷房のひんやりした空気が胸元まで入り込んだことにより、シャツをくつろげられていることを知った。

「なのにおまえってば、おれの本気をちっともわかってないなんてムカつく」

言葉と共に、泰生のキスがうなじに落ちてくる。濡れた唇で甘く吸われて、潤はぶるりと体を震わせた。

胸元から泰生の手が忍び込み、肌をなぞっていく。

「っ……ん」

広げられた指のひとつが潤の弱点をかすめて、切なく息をついた。

「ぁ、泰…せ……ゃあっ、ぁ、ぁ、っあ…ぅ」

胸の飾りは、さっきのキスひとつですでに尖《とが》りきっていた。それを指先で潰《つぶ》されて潤は悲鳴を上げる。まるで体を変換するスイッチでも押されたみたいにあからさまな情動《じょうどう》が込み上がってきて苦しいほどだ。

「ゃ、ゃっ……く……ぅんっ、んっ」

座り込んだ潤の足の間に泰生がむりやり体を割り込ませてきたせいで、潤はろくに身動きが取れなかった。壁に貼りつけにされた標本みたいに、泰生になされるがまま、声を上げて体を震わせ、腰を揺らすばかり。

「乳首だけで腰揺らしてんじゃねぇよ」

「だっ……ぇ……ひ、ぁあぁ――…っ」

きりきり張りつめるような小さな尖りを爪で抉《えぐ》られ、突き抜けるような甘い戦慄《せんりつ》に目眩がした。涙がぽろぽろとこぼれ落ちるが、それを泰生が舌先ですくい取る。

「ぁ……、ぃた……ぃっ」

「痛いだけじゃねぇんだろ。んだよ、びしょびしょじゃね」

いつの間にかズボンを緩められていて、下肢《かし》に差し入れられた泰生の手によって潤の粗相《そそう》がさらされてしまっていた。頭をもたげた潤の欲望から次々とこぼれ落ちる雫《しずく》は下着をぐっしょり濡らしていたのだ。潤さえ気付かないうちに。

「ぁ、っは……ん、んーっん、ゃっ」

「しかも、乳首はやーらしい色になって。どうするよ、こんな色の乳首、人に見せらんねぇな」

「泰……せ…が、ん、…ぃ…せ…が触るからっ。だか…らっ」

「おれのせいだって？　ざけんな、潤がエロいからだろ。今だっておれの手に腰を押しつけてるじゃね。おまえだぜ、動かしてんの」

潤む視界で、泰生が婀娜《あだ》っぽく微笑む。

「ゃー…や、だっ…て…ぁ、あっ、あうっ」

「こんなエロい潤に付き合ってやれるのはきっとおれだけだぜ？　潤、ちゃんと覚えとけよ。おれだけが潤をこんなに気持ちよくしてやれるんだって」

「ぅん、うんっ…ぁ、っは……」

「わかってねぇだろ、ったく。気持ちよさそうな顔して、そそるじゃねぇか、おい」

「ゃ、ぁあぁ――――…っ」

開かれたシャツを鼻先でかき分けるように泰生が潜《もぐ》り込んできて、いやらしく赤く染まっているだろう粒を唇に含まれた。顎をのけ反らして声を上げると、舌先で擽られる。

「ここまで濡らしてると、後ろも楽に入るんじゃね？」

潤の胸の辺りでくぐもった声が聞こえたとき、下肢で泰生の指が動いた。

「っ…ひ、ゃっ、ぃやっ、ゃ……ぅ」

前の欲望から伝い落ちる雫でぐっしょりと濡れた秘所に、ゆっくりと泰生の指が押し入ってきたのだ。指は潤のそこを広げるように蠢き、奥を侵攻《しんこう》するように突き動かされる。

「ぁあっ、泰せ…っ、ゃ…だ…ゃで…すっ…んんっ…ぃ――っ」

開発された前立腺を抉られると、潤はひときわ高い声を上げてしまった。そんな潤の耳元に、泰生が唇を寄せる。

「しぃーだ、潤」

泰生の囁《ささめ》く声がひどく熱かった。

「ここであんまり大きな声を出すと外に聞こえるぜ?」

「――…っ」

ひどく楽しげに意地悪な口調で言われて、潤はようやく今の自分の状況を思い出した。

潤が押しつけられている玄関ドアの向こうは、もう公共のスペース。泰生が住むここはラグジュアリーなマンションだけれど、玄関スペースではわりあい外の気配が感じられるのは以前から潤も気付いていた。廊下を歩く足音だったり、隣家の玄関ドアが開く音だったりだが、それだと逆に潤がこうして快感に喘《あえ》ぐ声や気配も外に伝わってしまうかもしれない。

かっと全身が熱くなった気がする。

「ぁ、泰生、あの…場所を…っ……ぁうっ」

しかし、泰生はやめるどころか蕾《つぼみ》に差し入れた指をさらに妖《あや》しく動かし始めたから、潤は竦み上がった。しかも潤の胸にいぜん顔を埋《うず》めて、見せつけるように舌をひらめかせている。

「っ……く、ぅ……んんっ」

「何、感じてんのか？　急に反応よくなって」

笑みを含んだ声で揶揄《やゆ》され、潤はきつく唇を噛んだ。

「潤ってさ、前もホテルの窓際でやったとき人に見られて興奮してただろ？　もしかしてそういう趣味があるのか？」

違う、と潤はふるふると首を振る。

あの時だって人に見られてなんかない。

今だって興奮だなんて――…。

潤は抗議したかったけれど、ひと言も言葉を発せなかった。

胸への刺激はやんだが、下肢ではいぜん泰生の二本に増えた指が潤の内部に出入りしていて、へたに言葉を発するとあられもない嬌声《きょうせい》がこぼれ落ちてしまいそうだったからだ。

「っん、んぅ――…く、っ、っ……」

甘い責め苦にただただ瞳を潤ませ、必死で唇を食いしばるのみ。

「こぉら、んな唇噛んでると切れるって」

けれど泰生は官能的な唇をにぃっと横に広げたあと、潤をさらに苛《さいな》むようにキスをしてきた。

潤の噛んだ唇をこじ開けると、むりやり舌を滑り込ませてくる。

「っは…ゃあっ、ん――っ」

声がもれる。

荒い息があふれる。

濃密で淫靡《いんび》な雰囲気さえ、ドアを通して外へと浸潤《しんじゅん》していくようで潤は戦慄した。

秘所での愛撫は激しさを増し、動かされる指も三本に増えている。内部で指を折り曲げられると潤のいいところに当たって腰が痺れ、腿《もも》が引きつった。

「っ…は、限界だ。おまえ、興奮しすぎだろ、こっちまでおかしくなるぜ」

泰生は着ていた質のいいジャケットを脱ぐと、ためらいなく潤の体の下に滑り込ませてくる。

「それ、そんな扱いは……っひ」

ジーンズを下着ごと脱がされ、潤の脚は泰生に抱えられた。窄《すぼ》まりに押し当てられた熱に甘く恐慌《きょうこう》をきたす。

「声、我慢しろよ?」

「ゃ…です…ここは、ここでは、ぁ、っ――…」

押し入ってくる大きな熱に潤は声もなく喘いだ。

きつい快感のせいか、それとも泰生がいつも以上に興奮しているのか。

覚えがない怒張《どちょう》の質量に目の前がうっすら白くなっていくようだ。それでも侵入は止まらず、深部まで熱に穿たれていく。

「っ……っん、ゃ……ぁ、やっ」

「っ…何だよ、きっつ……」

泰生が苦しげに呻《うめ》いた。それが内部を通して伝わってくるのが怖いぐらい感じる。

「あぁ、くそっ。これじゃ、あんまりもたね」

舌打ちと共に泰生がゆっくり動き始めた。

「く、ぁ、っぁ、んっ――…ん」

それでも最初は潤のためにだろう、体を揺らす程度の動きから始まった。けれど深いところで動く張った泰生の先端は、蕾を押し開くように容赦なく潤の内部を広げていく。内部が柔らかく蕩けたところで。

「ひ、ぅ――…っ」

ずんと鋭い動きが混じった。熱塊《ねっかい》を中から引きずり出してしまうほど腰を引き、勢いよく押し入れる。言葉通りに、泰生も余裕がないのかもしれない。その深い動きはどんどん回数を増していった。

「っ…は……っ」

泰生に突き上げられるごとに潤の体は玄関ドアに強く押しつけられる。肩甲骨《けんこうこつ》の辺りで何とか玄関ドアに凭《もた》れるような格好のため、その度に頭が、肩先がドアに触れて音を立てた。その音がやけに淫靡で、潤の快感をさらに煽《あお》るのだ。

「ぁ…ぁ…っく、ん――ん、っ…ぅ」

蕩かされた最奥は泰生の欲望をいっぱいに飲み込んで、潤の全身に痺れさえ生んだ。泰生の兇器《きょうき》のような欲望が奥へねじ込められるごとに、深い愉悦《ゆえつ》へと導かれていく。

「ぁ――……っ……」

嬌声を上げかけた潤の耳に、しかし微《かす》かな声が聞こえてきて、体が一瞬にして竦み上がった。

「っ…おい、締めん…っな」

頭上で、喉を見せた泰生の顎先から汗がしたたり落ちてきた。

けれど潤は、玄関ドアを通して確かに聞こえる声に唇をわななかせる。すぐにきつく嚙みしめたが。

「どした？　あぁ、隣の家かどっかに宅配が来たのか」

いつも元気に声を張り上げる宅配業者は潤も数回顔をあわせたことがある。だからこそ、そんな見知った人間に今自分が何をしているのか、知られることに恐怖した。

たった一枚のドアを挟んで、泰生の屹立《きつりつ》をのみ込んで喘いでいる自分の姿が浅ましくて激しく羞恥《しゅうち》する。

猥雑《わいざつ》な水音、屹立の出し入れにあわせて体がドアに当たる音、必死に噛むがそれでももれ出る嬌声に、宅配業者は気付いてしまわないだろうか。

「っ…っく、はっ……っ、んんっ」

「すっげ、やらしい顔。そんなに興奮するわけ?」

唇が乾くのか、泰生がその肉感的な唇に何度も舌を滑らせる。そのしぐさがやけに獣《けもの》っぽくて淫猥《いんわい》だった。

唇を噛んでも声はあふれる。だから、自らの手を唇に押し当てて必死に塞《ふさ》いだ。

未だ微かに聞こえる宅配業者の声に戦慄《せんりつ》し、羞恥し、そして興奮した。

知られるかもしれないという思いが、潤の快楽を煽り、高みへと連れ上げていく。声を押さえることはますます難しく、荒い呼吸をひそめようとするせいで、苦しさに目眩がした。

蕩けて蠕動《ぜんどう》さえ始めた秘所は泰生の怒張に絡みついていく。けれどそうはさせまいと、さらに強い力で押し入れられ、引きずり出される。その繰り返しがどんどん激しさを増していく。

「おまえ、っ…よすぎ…なんだよ。でもここは絶対におまえを先に行かせて…やるっ」

「ゃ…っく、ぅー、う…っ…っ」

蕩ける下肢を硬い切っ先に貫かれていく感覚は、脳天を直《じか》に犯されているようだった。

潤の欲望は触られてもいないのにとろとろと涙をこぼしていく。

それを見たのか。それとも泰生も限界だったのか。泰生に思いの丈《たけ》を打ち込まれて、目の前が真っ白になった。

「っふ、っ…くぅ……んっ――――…」

「っ……っく」

潤の奥で泰生も吐精したことに気付くと潤の絶頂はさらに深くなっていく気がした。

ひどく長く続いた絶頂のあと、ようやく正気に戻ったとき、潤は指先ひとつ上げられなかった。これほど強い快感など初めてで、思考も気力も何もかも持って行かれた気がする。

「もしかして後ろでいったのか？」

ぐったりと玄関ドアに凭れる潤を、体から抜け出した泰生が抱きかかえていた。

「え？　後…ろ？」

「自覚なしか。どんだけエロいんだよ。将来が楽しみだぜ」

「泰………？」

「いい。おまえはしばらく体を休めてろ」

苦笑して言葉をのんだ泰生は潤を抱き上げて歩き出す。バスルームへの扉を器用に足で開け、服を剝《は》いだ潤を床に立たせた。同じく裸になった泰生がかいがいしく面倒を見てくれるのだが。

「やっぱりホコリっぽいな。ったく、おまえが我慢きかないからあんなところでやっちまったじゃねぇか」

「そんなぁ……」

頭からシャワーをかけてくれながら、泰生が納得できないことをのたまう。

ようやく回復してきた体力と気力に潤はほっとしたけれど、汚れた下肢をきれいにしてくれようと手を伸ばしてくる泰生には慌てずにはいられなかった。

「ぁ、ぁっ。自分でします。嫌です、ぃ…やっ」

「大人しくしてろ、暴れるとよけい体力を消耗《しょうもう》するぞ」

「だから、自分でっ…ひ……ぅ…っ」

「あぁ、悪ぃ。前立腺触ったか」

いたずらっぽく笑いながら泰生が謝《あやま》ってくる。

泰生の指は潤の秘所をきれいにするために動いてくれていたはずなのに、途中から違う目的の動きを見せ始めたからたまらない。

抗《あらが》おうとすると、それを察したみたいに前立腺をいじられるから力が抜けてしまった。

「ん、っん、ぃやっ……っは、触らない…でっ」

「すげぇな、蕩けてるぜ」

潤を片腕に抱きながら、さっきまで大きな屹立をくわえ込んでいた蕾を弄《もてあそ》んでくる。泰生の欲望の動きを再現するように奥まで指を差し入れられ、そのままグラインドさせたと思ったら、ゆっくりとした動きで出し入れされた。

「ぁ、ぁ、ぁ……」

潤の口からは熱のこもった息がもれ、高い声があふれ出す。

ちりちりと肌の一枚下で小さな電流が生まれてはぶつかってスパークしている気がした。肌があわ立つような、ざわつくような、快感の一歩手前の浮かされた感じに襲われる。

だめだ、まずい。このままじゃ、またいやらしい気分に飲み込まれてしまう。

自分が快感にひどく弱いことは泰生に言われ続けるせいで自覚しているけれど、潤自身としてはそんな自分はやはり恥ずかしくてならなかった。出来るなら、正常な範囲内でありたいと願い続けている。

けれど、時に自分でも信じられないくらいいやらしい気分になることがあった。もっと泰生を感じたくて、もっと深い快感を味わいたくて、身悶《みもだ》えるような情火にまみれて痴態《ちたい》をさらしてしまうのだ。

今も、そんな強い情欲が体の奥からのたりと這いずり出てきそうな気配に、潤は慌てて泰生の手を振り払おうとする。

「こら、暴れんな。床が滑《すべ》りやすいんだから転んだらどうする」

が、もっともらしいことを口にして懐《ふところ》深く抱きしめる泰生に、潤の抵抗は封じられてしまった。熱いシャワーの下、泰生のキスが肩に首筋にと愛しげに降ってくる。

落ち着かない肌の下の蠢きがゾクゾクとした甘い戦慄に質を変え、潤を追い上げ始めた。

「ん、ゃ、ゃ…ですっ、ぁ、それっ、し…しないで……っ」

潤の秘所に潜り込んだ指はさらに本数を増やしていた。

それは確かに潤の内部をいっぱいに押し広げているけれど、先ほど食《は》んでいた泰生の欲望に比べると圧倒的に足りない。

だから、先が欲しくなる——もっと熱くてしっかりした質量のあるそれが。

「泰…泰せ…、泰生っ」

「んーん？　何だ」

「ひ…っ……ぁ、ど…うして、泰…せ……っぃ」

潤が切羽《せっぱ》つまって泰生の名を呼ぶのに、ここに来て泰生はやけにのんびりと潤に答えてくる。

ガクガクと膝が震えてまともに立っていられない潤をがっしり支えてくれるけれど、先ほどとは違って中途半端にしか愛撫してくれない指や唇が焦れったい。

「何、どうした？　ちゃんと言えよ、言わなきゃわからねぇぞ」

嘘だ。泰生はもうとっくにわかっているはずだ。なのに、どうしてくれないのか。

もう指だけの愛撫じゃもの足りない。生ぬるい手淫《しゅいん》じゃ満足できないのに。

意地悪、意地悪、意地悪っ。

圧倒するような欲情に駆り立てられ、潤はたまらず涙をこぼす。唇を嚙み、泰生の背中に無意識に爪を立てた。

「っ…。こぉら、おれの体は商品だぜ？　情事の傷痕《きずあと》なんてシャレになんねぇだろ」

苦笑するような泰生の呟きは潤の耳にはもう入ってこない。

情欲のせいか、降り注《そそ》ぐ熱いシャワーのためか。体が発熱しすぎてクラクラ目眩がした。

「ほら、言えよ？　何が欲しい？」

ことさら優しい声で尋ねられて、潤はたまらずそれを口にする。

「泰……泰…せ…が、泰生…が欲し…い…っ」

「――ったく。このまま抱き潰したくなるぜ」

「っ…ひ、ぁ、ぁっ…それ、ぃやっ」

秘所を出入りする泰生の指が苛立つようにやけに激しくなった。快感を煽るだけの手淫は、今の潤にとっては甘い責め苦でしかない。

「ど…して…っ、ぁうっ、泰…生っ」

「んな可愛くぐずるな。おれも早く入れたいけど、ここじゃダメだ。おまえ、もうのぼせてるだろ。ただでさえ体力ないのに、さらにムダな力使っちまう。ベッドに移動するぞ」

快感に悶える潤の体を抱き上げ、途中でバスタオルで包むと泰生はあっという間にベッドへと連れて行ってくれた。

ベッドに寝かせられると確かに体は楽になった。熱で浮かされたような体に冷たいシーツはとても気持ちいい。が、ホッとする間もなく枕を抱くようにうつぶせにされた。腰を高くかかげる体勢を恥ずかしく思う間もなく、泰生の手が腰に触れる。

「ぁ……」

蕾に触れるのは、熱い欲望だ。

「っ……ぁ、あ、あ――…」

先ほど入れられていたせいでスムーズに入ってきた泰生の欲望は、しかし先ほど以上にさらにたくましく育っている気がする。

「少し…緩めろ」

うなるような声が背中に落ちてきたが、潤はシーツに額を押しつけて首を振った。出来ない。というか、もう自分の体がコントロール出来なかった。

潤のこわばりが少し緩むごとに奥へと進んでくる熱塊に、たまらず腰をよじる。そんな潤に泰生が舌打ちをした。

「っち。無意識に何いかせようとしてんだよ」

忌々《いまいま》しげに独《ひと》りごちた泰生は、潤の奥に行き着く前にゆっくり動き始めた。

「んっ、あう…っ……ふ……ぅ…んっ」

腰を摑まれ、泰生の怒張が出入りを繰り返す。張った先端で粘膜《ねんまく》を擦るようなそれは、ゆっくりではあったが優しいものではなかった。けれど、潤の声には次第に甘さが増していった。

「泰…せっ、泰生……ぁ、も…もうっ……お…かしくなるっ」

先ほどぎりぎりまで追いつめられたせいで、潤はあっという間に高みへと連れ上げられる。

体中で逆巻く快感が潤を甘く苛み、狂おしいほどの情火が肌を舐めて苦しい。

苦しいけれど、しかし同じくらい愛おしかった。

泰生とこうしてもう一度触れ合えて嬉しい――…。

物理的に泰生と離されて不安でどうしようもなくなったときを思い出すと、幸せでこの瞬間が永遠に続いて欲しいと思う。

腰に食い込む手の痛みさえ、泰生のものだと思うと愛しくなる。

「っは、ん、ん、ん……っぅ」

「っ……、あー、クソっ。たまんね」

情欲をにじませた呟きが聞こえた。

シーツにしがみつきながら首をひねって見ると、ひどく婀娜めいた泰生と目が合った。

官能的な黒瞳をきつく眇め、赤い舌を唇の上でひらめかす泰生に、怖《おじ》けるほどの欲望が背筋を駆け上がっていく。

「っ……」

無意識に腰をうねらせてしまった潤に、背後で息をのむ音がした。

「抱くたびによくなるなんて反則だ、このエロガキがっ」

「ん…や…っ…ぁああ――…っ」

泰生の動きから余裕が消えた。

硬い猛《たけ》りが内部を擦り上げてきて、感じるところばかりを抉っていく。鋭い突き上げに脳天まで痺れが走り、重い穿《うが》ちに吐息が震えた。

どろどろと、灼《や》けた欲望に中から蕩かされていくような気がする。

「あんっ……っ、ぃ…ぁ……あうっ」

一緒に高みへ駆け上っているのだとまざまざと感じた。ひどく幸せで、それがさらに潤の歓喜を加速させる。

けれどその何もかもを思ったのはほんの一瞬で――。

「ぅん、っ――……」

「くっ……」

背中で泰生がうめいたかと思うと、潤の中に熱が広がる。潤も、パタパタとシーツに精を飛ばした。


「――おつとめご苦労」

始業式も過ぎて通常授業が始まった学校だが、潤にとって一学期まではまったく違うように感じた。ひどく濃い夏休みだったせいか、ひと回りもふた回りも自分が成長したようで、目に見える世界さえ変わってしまった気がする。

二者面談では、語学という今までとまったく違う進路に突然変えたことにずいぶん驚かれたが、潤が教師の顔を見たまま説明すると何だかひどく臆《おく》された感じがした。

そんな少し煩《わずら》わしい学校行事を終わらせ、潤は泰生と待ち合わせしていたカフェへと向かったのだが、開口一番泰生からかけられた言葉に思わず苦笑してしまう。

「おつとめって……」

まるで出所したヤクザのような言い回しなんだけど……。

でも、そんなに違わないか。娯楽など一切無しに勉強漬《づ》けを強要するような学校は監獄《かんごく》のようなものかもしれない。

相変わらず、泰生は核心を突くなぁと変なところに感心して笑みを浮かべた。

「ごめんなさい、少し遅れました。飛行機の時間は大丈夫ですか？」

「おまえとお茶する時間がなくなったぐらいだ。潤はテイクアウトにしろ」

泰生の言葉に従いカウンターでテイクアウトしたカップを手に、潤は泰生と一緒にタクシーに乗り込んだ。

「——成田《なりた》までやって」

これからニューヨークで開催されるコレクションへ参加するため、泰生は渡米するのだ。

またしばらく寂しい日が続くが、泰生が活躍をする場は世界なのだから、これはそんな恋人をもった定めだと諦《あきら》めるべきなのだろう。

しかも、泰生は潤のために出発をぎりぎりまで遅らせてくれたのだから。

「オヤジさんから連絡が来たって？」

「はい。明日の夜に食事をすることになりました」

「ったく。嫁《とつ》ぐとなったとたん惜しくなるなんて、どんなばか父だよ」

辛辣な言葉に、潤は苦笑する。

泰生が潤を屋敷まで迎えに来てくれたあの日、家族たちの騒動は大変なものだったらしい。玲香との縁談だと喜んでいたのに、榎家長子は橋本家の汚点《おてん》だったはずの潤を攫っていったのだ。ショックで寝込んでしまった祖父母はしばらく起き上がれなかったという。いつもの毒舌も鳴りをひそめ、屋敷はたいそう静かだったと玲香が苦笑していた。

しかしそれより何より、泰生が本当に潤を嫁にしようと考えていたことに潤は驚いた。もちろん男の潤を嫁には出来ないけれど、事実上の同性婚ともいうべき養子縁組を迫られたときは本当に度肝《どぎも》を抜かれた。しかも泰生の父の幸謙もそのことについては了承済みらしく、正式に潤の家に申し入れをしたと聞かされ、嬉しい以上に潤は信じられない思いでいっぱいだった。

が、それに待ったをかけたのは思いも寄らない人物——潤の父である正である。

最愛の女性に出ていかれ、その悲しみから目を背けることで生きてきた正だが、その自分勝手な行為でどれだけ潤を傷つけていたかを先日の騒動でまざまざと思い知り、がく然としたらしい。

そんな自分に猛省《もうせい》し、どうにか潤との関係を修復《しゅうふく》したいと思ったようで、あれから正は不器用な接触を図ってきている。それに、潤もおずおずと反応を返し始めたところだ。

そういうわけで、養子縁組をして潤が橋本家と縁が切れることを懸念《けねん》した父によって、泰生の目論見《もくろみ》は足踏み状態。そのせいで、泰生も正に対してどうしても辛口になるらしい。

「そういえば、明日はおじさまも一緒なんですよ」

「おじさまって、まさかうちのオヤジか」

ぎょっと声を上げた泰生にこそ潤は驚く。

「あれ、聞いてないですか？」

「聞いてねぇよ。何でおまえの親子の会合におれのオヤジが出るんだよ」

「でも……間を取り持ってくれたのがおじさまじゃないですか」

混乱し、困惑する正を諭《さと》し、潤との間を取りなしてくれたのが、実は泰生の父である幸謙だった。面識もなかった二人だが、養子縁組のあれこれを話し合ううちに不思議に馬があって意気投合したらしい。

正の、息子である潤への仕打ちを怒りながらも、それにいたった経緯《けいい》には同情した幸謙が取り持ってくれたおかげで和解の糸口が見つかったのだ。

明日の食事会も、潤と正二人きりでは緊張するばかりだろうと幸謙も同席してくれることになったのだが、潤がホッとしたのはいうまでもない。それはおそらく正も同じ気持ちだろう。

十八年間まともに話したこともない父子だ。二人きりで顔をつきあわせても、どんな話をすればいいかさえ思いつきもしないだろう。

「クソオヤジが。おれがいない日にわざと日程を組みやがったな」

舌打ちをせんばかりの泰生に、ケンカするほど仲が良いという見本のような気がして、潤は羨ましくなった。

自分と父も、いつかはこんなふうに言い合える日が来るだろうか。

そんなことを思っていた潤だが。

「ま、決まったものはしかたね。いいか、潤。これ以上、オヤジに転ぶなよ。あいつは外面《そとづら》はいいが腹の中は真っ黒だからな」

「あの、泰生？」

「『おじさま』なんて言いすぎて、あいつを喜ばすな。潤はおれのだからな。あいつから息子になれなんて言われても了承するんじゃねぇぞ」

「た、泰生？」

「だいたい、何が新しい息子が欲しいだ。潤はおれの養子にするって言ってんのに、あのクソオヤジは自分の籍《せき》に入れたいとか言い出しやがったんだぜ？　とんでもねぇっ」

聞かされた新事実に潤は目を丸くするが、泰生は目を尖らせたままだ。

「おれがニューヨークに行っているうちに説得するつもりなんだ。騙《だま》されるな、いいか、優しくされても絶対頷くんじゃねぇぞ？　お菓子もらってもだめだからなっ」

幸謙がどれほど危険かを未だ諭してくる泰生に、笑みを浮かべた潤はぺたりと凭れかかる。

「っ……潤？」

「泰生が一番好き――」

怪訝《けげん》そうに見下ろしてくる泰生に、潤はそっと耳打ちした。と、泰生はカッと目元を赤くして大げさに身を引いた。

「お、おまえ……不意打ちなんだよっ」

泰生はそう言って睨みつけてくるけれど、潤としては不意打ちでも何でもなかった。ちょっと色々すっ飛ばした気はするけれど。

泰生が誰よりも好きだ。

その事実はきっとこれからも揺るがない。

だから、誰のどんな言葉も潤には関係ないのだ。

そんな思いで口にしたのに、泰生は「これだからおまえは天然だって言うんだ。小悪魔なんだ」とぶつぶつ言っている。

「泰生……」

機嫌を直してくれないだろうかと、くいくいと泰生の着ているトレンチコートの袖《そで》を引っ張ると、横目で潤を見下ろす泰生は諦めたように苦笑をもらした。

「仕方ねぇな。んな潤にほれたんだから」

と。

「泰っ……」

耳まで顔を赤くした潤に、泰生がようやくいつものふてぶてしい笑顔を取り戻した。おもむろにコートを脱ぐと潤の頭からバサリと被《かぶ》せてくる。

「えっ」

驚いた潤だが、コートで隔離《かくり》された空間に泰生が潜ってきたからさらにぎょっとした。

「あ、あ、あの泰生っ。だから、ここタクシーの……」

顔を近付けてくる泰生に潤が声をひそめると、目の前のあでやかな顔が微笑みを深くする。

「だから、こうやって隠してやってるだろ。おれを翻弄する生意気なやつなんてお仕置きだ」

「そっ……ん…」

顔を近付けてきた泰生を潤はとっさに押しやろうとしたけれど、お仕置きにはほど遠い甘いキスに、最後には抵抗も忘れて夢中になってしまった。

Fin.

純白の日常

「――袖《そで》ぐらいまくり上げろよ」

「あ、はい。ありがとうございます」

後ろから伸びてきた泰生《たいせい》の腕にシャツの袖が折り上げられていくのを、流しの水を止めてから潤《じゅん》はなされるがまま見下ろす。肘《ひじ》までシャツをまくり上げてくれた泰生の手は、しかしそのまま潤の腰をホールドするように抱きしめてしまった。

「んで、何してんだ？　今は」

潤の肩越しに泰生が覗《のぞ》き込んでくるから、柔らかな髪が頬《ほお》にかかって少し擽《くすぐ》ったい。

「ほうれん草を洗っています。根っこのところに泥《どろ》がたまりやすいんですよ」

「ふぅん、今どきの料理の本はそこまで書いてあるのか。ま、『新婚さんの初めてレシピ』なんて本だったらそんなもんか。しかし――」

「何ですか」

泰生が含み笑いのまま言葉を止めるから、何となく潤の口調も慎重《しんちょう》になる。

「いや、チョイスがいかにも潤らしいなってさ」

だとすると、潤は新妻《にいづま》だな。

なんて、喉《のど》で笑う泰生の声に顔が一気に熱くなった。

「仕方ないじゃないですか。これが一番詳しかったんです。写真も多かったし」

「別に悪ぃなんて言ってねぇだろ。新妻、いいじゃねぇか。初々《ういうい》しくて」

「も、もう、からかわないで下さいよっ」

「からかってねぇって。で？　おれの奥さんは、今日は何を作るつもりなんだ？」

どうしてこんな恥ずかしいこと言うかな。

逃げ出したいのを懸命《けんめい》に我慢して、潤は後ろを振り返らないようにほうれん草を何度もボウルの中で揺すった。

「何だよ。耳まで真っ赤にして、何照れてんだ？　いいから教えろよ」

「ちょ…泰生、重いですって」

背中に覆《おお》い被《かぶ》さっている泰生が体重をかけるように凭《もた》れかかってくるから、潤はせめてもの抗議《こうぎ》の代わりに泰生をふるい落とすべく体を揺すった。

今、潤がキッチンに立って料理をしているのには、深い訳《わけ》があった。

潤が泰生のマンションに同居するようになってしばらく。潤のひとり暮らし問題が白紙に戻り、これからも泰生と一緒に暮らすことが決まって一番潤が気になったのは、やはり生活費のことだった。

まだ学生の潤だから、世話になっている泰生へ渡せる金なんてこれっぽっちもなかった。それを心苦しく思っていた潤だが、泰生は気にするなと笑う。

『潤は嫁に来たんだから、おれが面倒を見るのは当たり前だろ。学費はオヤジさんに譲《ゆず》るけど、それ以外はびた一文も譲らないからな』

そんな風に口にして、先だっての夏休みに和解した父からの生活費を泰生が突っ返したと聞いたときは、潤の焦燥《しょうそう》がさらに大きくなったのは言うまでもない。

労働で返そうと思っても受験生の潤にはその時間がないし、泰生自身も潤にそんなことを望んでいなかった。そもそも、マンションには定期的にクリーニングが入っているし、食事は一階のカフェから取り寄せたり、なじみの店に食べに行ったりして大して不自由もない。

泰生から、そんなふうに環境を快適にするためにおれは稼《かせ》いでいるんだと言われると、納得もするのだ。

ならば、せめて泰生がいないときぐらいは自分のことは自分でしようと、潤が料理に取り組み始めたのは半月前のこと。書店のお奨《すす》めとポップにあったレシピ本を購入《こうにゅう》して見よう見まねで作り始めたのだが、まったくの未知の世界だからか失敗続きだった。

それでも、何度も作り続けるうちに少しずつステップアップしていくというもの。

「今日作るものは、肉じゃがとほうれん草のおひたしです」

それしかまだ作ったことがないのだけれど、そのメニューだったら何とか人に出せるレベルには上達した。潤が料理をしていると知った泰生から何度も催促《さいそく》を受けたのもあるし、潤は今日晴れて恋人にご馳走《ちそう》するべくキッチンに立っているのだった。

「へぇ、肉じゃがか。いいな、いかにも新婚らしい献立《こんだて》じゃねぇか」

だから、そんなに新婚とか言わないでって……。

泰生がいると変に緊張して、うまくいくこともうまくいかない気がする。

今日ばかりは失敗するわけにはいかないんだと思うと、眉《まゆ》をひそめて泰生を振り返った。

「動きづらいんです、お願いだから離れて」

「はいはい」

ようやく退《ど》いてくれた泰生にほっとしてジャガイモに手を伸ばした。しかし、すぐ隣《となり》に立った泰生はニヤニヤと潤の姿を見下ろしてくる。

「今度は何ですか」

「ん？　料理をするんだったらエプロンがいるなと思ったんだよ」

「いいですよ、そんな」

「いやいや、新妻にエプロンは大事だろ。よし。今度、いいのを買ってやる」

やけに楽しそうな泰生の笑顔に、しかし潤はなぜだか寒気がした。

泰生がよからぬことを考えている気がする。

そんな予感がするからか。

「もう、ちょっと離れてて下さい。今から包丁を扱うんです。まだ慣れてないので危ないんですからね」

きらりと光る包丁を掲《かか》げて見せると、泰生はわずかに顔をこわばらせた。

「おい……」

「ストップです。今は話しかけないで下さい」

ぶるぶると包丁を持つ手が震える。

ジャガイモの皮を剝《む》くという作業がどんなに恐ろしくて難しいものなのか。自分で料理をするようになって潤は初めて知った。なるべく薄《うす》く皮を剝こうとするけれど、右手と左手を連動させて動かすなんて本にあるような高等技術は、まだまだ潤にはムリだ。

「その手つきは……っ、うっ……」

隣で泰生が何度も息をつめている。

「…ぁ、ちょっ……ぉいっ」

「っ……だから、しゃべらないで下さいって言ってるじゃないですか〜っ」

隣で「ぅ」とか「く」とか言われて、気が散って危うく包丁を滑《すべ》らせてしまうところだった。

潤が半泣きで訴《うった》えると、声を出さないようにか、ようやく口に手を当ててくれたけれど。

「じゃ、行きます」

深呼吸を繰り返し、気持ちを落ち着けてもう一度挑戦した。

けれど、潤が包丁を滑らせるたびに隣の恋人の体が大げさに揺れるのだから、声を出さなくなっても変わらない気がする。

「もう、泰生っ」

とうとう手を止めて潤が声を張り上げると、泰生は逆にむぅっと顔をしかめてしまった。

「おまえこそ不器用すぎんだよ。ハラハラして、見てるこっちの方が胃が痛くなる。料理が出来上がる前に食欲をなくすぜ」

「ひどい、だったら見ないで下さい」

「見ないともっと恐ろしい気がすんだよ。つか、おまえ頼むからもう包丁握るな。包丁握らない料理を作れ」

「そんな料理なんて知りませんっ。レシピ本にも『最初はうまくいかないかも知れませんが、やっているうちに上達します』ってあったんですから。誰だって最初はこんなものなんですよ」

「ぜぇーってぇ、おまえは違う！」

「『絶対』の部分をそんなに強調しないで下さいっ」

「おまえ、リボンもまともに結べない不器用さだろうが。そう簡単に上達するわけがないんだよ。上達する前に指の一本や二本を切るに決まってんだ。でもって、おれがいないときに料理すんだから、指を切っても助けを呼べなくて、出血多量で死ぬかもしれねぇじゃねぇかっ」

過保護《かほご》もここまで来るとちょっと行きすぎなんじゃないだろうか。

潤は眉をハの字にして泰生を見上げる。

派手な容姿に見合わず世話焼きで心配性の泰生だが、最近は特にそれがパワーアップしている気がする。基本的に、潤をひとりで立たせて歩かせようという大らかなところはあるけれど、歩く道の先に小石が転がっていたりすると慌《あわ》てて飛んでくるような感じなのだ。

それとも今回のことに限っては、自分の不器用さがそれほどひどいのだろうか。

考えて、それも正解のような気がするけれど認めるのは少し悔《くや》しかった。だから、唇《くちびる》を尖《とが》らせて抗議《こうぎ》することで誤魔化《ごまか》した。

「大丈夫なんですよ、本当に。あ、ほら、もう五時回ったじゃないですか」

このままじゃ夕食の時間に間に合わなくなると、深く息を吸ってもう一度包丁をジャガイモに当てるのだが。

「待て待てっ、その手つきじゃ手を切る。手の皮を剝くつもりかっ」

泰生が包丁を取り上げようとするからたまらず潤は叫んだ。

「もうっ。向こうに行ってて下さいっ」

ようやく泰生を追い払うことに成功した潤は、安心してジャガイモと取り組むことが出来るようになった。それでもケガをしようものなら、今後の潤のキッチン出入りを禁止する勢いの泰生だから、しぜん手つきも慎重《しんちょう》にならざるを得ない。ただでさえのろい作業なのにさらに時間がかかってしまった。

潤に追い出されてリビングでウロウロとしている泰生だが、潤が何か声を上げるたびにすっ飛んでくるのにも困惑《こんわく》した。

鍋《なべ》がふつふつと音を立てるようになって、潤はようやく半分は終わったと安堵《あんど》する。

「おい、潤。ケータイ鳴ってるぞ。メールだ、メール。大山《おおやま》の野郎からだ」

さっきから何かと用事を見つけてはキッチンにやってきていた泰生が、今度は潤の携帯電話を持ってきた。いつもだったら機嫌《きげん》を急降下させる大山からのメールなのにだ。

「ありがとうございます」

微苦笑《びくしょう》して携帯電話を受け取り、潤はメールボックスを開いた。

潤に初めて出来た友人の大山とは、今もいい関係を築《きず》けていた。親分肌でさっぱりとした性格だからか、予備校でも何かと潤の面倒を見てくれている。

最近はプライベートでも会ったりするせいで、友人だとわかっていても泰生は少し面白くないらしい。大山からの電話やメールを受けると、いつもむっと唇を歪《ゆが》める。

以前、束縛《そくばく》するぞと宣言した通り、泰生の潤に対する独占欲はなかなかに強かった。

友人である大山に限らず、道を聞こうとして潤に声をかけてくる男を問答無用で追い払うことは日常、歩き疲れたけれどひとりで喫茶店に入るのに躊躇《ちゅうちょ》していたというご老人に付き合ってお茶をした話をしたときには、ひと晩中泣かされた。

『ひとりで店に入れないジジイは、そもそも通りすがりの人間に声をかけたりも出来ねぇだろ、そこで気付けよ。しかも、携帯ナンバーだけが入った名刺を渡すとか待ちあわせの場所まで車で送ろうとか言い出すジジイなんておかしいだろっ』

控えめに潤が抗議すると、危機管理能力がなってないなんて逆に怒られてしまったのだけど。

「んで、大山の野郎はなんだって？」

潤が包丁を持っていないことで安心したのか、ようやく愁眉《しゅうび》を開いた泰生が尋《たず》ねてくる。

「明日、以前使ってた料理本を持ってきてくれるって」

「あいつかっ。あいつが潤に料理なんてものに目覚めさせたのかっ」

聞いて、泰生が忌々《いまいま》しげに舌打ちをした。

母子家庭だという大山は、その働く母親の代わりに弟妹《ていまい》の面倒を見ているらしい。泰生に迷惑をかけたくないなんて潤が話をしたときに、じゃあ自炊《じすい》すればいいと教えてくれたのは確かに大山だった。

大山には泰生との付き合いも知られているせいか、潤としては友人以上に心強い味方を得た思いなのだが、泰生にはそんな潤の気持ちも気に入らないらしかった。

だから、なるべく泰生の前では大山の話題を出さないようにしているけれど、こうして泰生の方から大山のメールを持ってこられると避けようがない。

なので、慌てて話を変えることにした。

「あの、八束《やつか》さんからもメールが入ってました」

泰生の友人兼仕事仲間である八束は、潤の数少ないメル友でもある。

十歳ほども年上の八束だがとても気さくで、コミュニケーションがつたない潤にも同じ年代の友人のように親しげに話しかけてくれる。自らがモデルになったほうがいいのではないかという長身の美形だが、今一番注目を受けているデザイナーでスタイリストでもあった。

潤は携帯電話を操作しながら、柔らかい八束の笑顔を思い出す。

「っち。きっとあの件だ。思い直さなかったってわけか」

ムッとするような泰生のセリフを訝《いぶか》りながら、八束からのメールを読む。

「泰生、これって……」

「おまえが先にOK出したんだろ、八束に。メールでもここずっとうるさかったし、今日会ったときなんか、昔のことを持ち出して潤にばらすぞと脅《おど》して来やがるんだから、あいつはっ」

バラされて困るようなことが泰生にはあるんだろうか。

思わずじっと見つめると、泰生は急に落ち着かないように視線をさまよわせた。

「ねぇよっ、別に何も。ただ、あいつには小さい頃からのことを知られてるせいで、何となく気まずいだけだ。ホントに何もねぇから、んな見るな。心臓に、悪い……」

泰生が焦《あせ》る姿なんて初めて見る気がする。

びっくりして、そして少しだけ楽しい気分だ。

「あー、まぁそういうわけで。了承《りょうしょう》した、色々条件つけてな」

泰生が了承したと言っているのは、八束の仕事の手伝いをする件だった。

ラグジュアリーな大人のファッションアイテムで定評のある八束だが、潤を見てインスピレーションを受けたという新しい少年向けのラインをこの夏発表して大きな反響を呼んだ。

自分の何が八束の心を動かすのか潤にはわからないが、自分の服作りのためにぜひミューズになってくれと、以前から八束に熱烈に口説《くど》かれていた。最近は、春夏用に新しく作った服を潤に着せて写真を撮りたい、と。

以前そんな八束繋がりで泰生といざこざを起こした潤としては、八束とメール交換以上の関わりはもとより、ファッション業界に携《たずさ》わることも避けたかった。泰生からも二度とやるなと釘《くぎ》を刺されていたし。

けれど、メールで何度も熱心に話を持ちかけられると段々断ることが申し訳なくなる。それでも潤が、泰生ともうやらないと約束したのだと何度目かの断りを入れると、じゃあ泰生の了承を取ったらやってくれるねと切り返されたのは先週の話。

まさかその泰生が了承するなんて思わなかったから、言われてひどく困惑した。

「でも、やっぱり写真は——」

人の視線を未だに少し怖いと思ってしまう潤は、カメラがどうしても苦手なのだ。

「おれがカメラマンやるからその点は心配いらねぇだろ。撮影も、このマンションだから」

「えっ」

「別に、八束も撮ったフォトを宣材《せんざい》に使うわけじゃないって言うし、遊びの一環《いっかん》と考えりゃいいんだよ。気楽に行け」

泰生がカメラマン。

それはそれで緊張するような気もするけれど。

「それより、さっきからえらくぐつぐつ言ってるが、いいのか」

鍋を指差され、潤はぎゃっと声を上げた。


「会うのは久しぶりだね。何だろ、またちょっと印象が変わった気がするな」

柔《やわ》らかな茶髪《ちゃぱつ》を後ろで無造作《むぞうさ》に結んだ長身の八束が、開口一番にそんなことを言った。

白に限りなく近いグレーのシャツを着てナチュラルなカーゴパンツをはいた八束はきれいなお姉さんという印象の強い美形だが、両腕にたくさんのバッグを提げている姿は、やはり女性にはありえない逞《たくま》しさである。

「そう、でしょうか」

「うん、可愛くなったよ、前より。可愛くて思わずハグしたくなっちゃうほど」

「えっ」

両手を広げて近付いてくるような八束に潤が思わず身構えると、そんな八束の首に後ろからヘッドロックがかかった。

「ふざけてんじゃねぇぞ、八束。さっさと仕事してさっさと出てけよ」

「心が狭い恋人は嫌だな。大人げないよね、友好を深めるハグさえ認めないような狭量《きょうりょう》な男

だと、潤くん、この先大変だよ。今のうちに乗り換えた方がいいんじゃないかな、僕なんてどう？　お買い得だと思うよ」

「いえ、それは。あの……大…丈夫ですか？」

泰生の腕はいぜん八束の首にかかったままで、そのまま締《し》め上げている様子なのに、八束は苦しげな顔を見せながらも冷やかすのをやめない。

「っ…わかった、もうギブギブ。落ちると仕事にならないからやめて」

さすがに最後には泰生の腕を叩いていた。

「八束先生、一応準備が終わりました」

八束が連れてきたスタッフは今日はたった一人だったが、小柄なその男性スタッフはさっきから八束の代わりにちょこまかと動いていた。男同士でじゃれあっているような今の状況を見ても、表情も顔色も変えず淡々と仕事をこなしていく。

自分もこのくらい平常心を養《やしな》えたらいいのに。

「ほら、潤くん。即席スタジオの出来上がりだよ」

いつもはソファが鎮座《ちんざ》しているリビングには白いシートが張られ、ライトや傘《かさ》のような撮影機材が配された空間へと変化していた。

「わぁ……」

以前見たことがあるスタジオさながらの風景に思わず声が出た。

「じゃ、まずこれから着てみて」

腰のあたりで切り替えが入った真っ白いシャツを渡された。ノースリーブから伸びる腕が、我ながら生白《なまじろ》くて情けない。

「少し丈が長かったな。潤くんの頃ってあっという間に背が伸びたりするから少し警戒《けいかい》してたんだけど、大丈夫だったね」

しゃがみ込むと、八束がクロップドパンツの裾《すそ》を無造作に折り上げていく。

それを言われると、潤は少なからず落ち込んでしまう。

外国人の血が入っているというのに、潤の成長はこのミニマムサイズのまま止まってしまうようで、昨年から潤の目線はほとんど変わっていなかった。

「潤はちんまいままでいんだよ。可愛いじゃねぇか」

「可愛いけどね、そりゃ。でも、潤くんとしては不服みたいだよ？」

八束の言葉に頷《うなず》きながら足元に差し出されたサンダルを履《は》いていると、横合いからフラッシュがたかれて潤はぎょっと顔を上げた。

「なるほど、確かにぶーたれてるな」

大きなカメラを構えていたのは泰生だった。ファインダーから顔を上げて、にやりとクセのある笑顔を浮かべる。

今日は泰生がカメラマンだと聞かされていたけれど、カメラを抱《かか》える泰生はいつもと少し印象が違っていた。

プライベートスペースでの仕事だからか、シャツを重ね着してラフなクロップドパンツというまさに普段着の泰生からは、リラックスした獣《けもの》のような不思議なワイルドさが漂《ただよ》ってくる。オンとオフが並立《へいりつ》しているような魅力だ。

しかも、宝石のような黒瞳は興味を引くものを前にした子供のようにキラキラしていて、泰生が楽しんでいるのが伝わってくる。

リラックスしていいのかも。

服を着て写真を撮られるというシチュエーションに緊張していたけれど、前に泰生が言っていた『遊びの一環』との言葉が強く思い出されて、肩から力が抜けていく。

「泰生って、カメラマンも出来るんですね」

「別に写真を撮るぐらい誰だって出来るだろ。潤にだって出来るぜ？　今はほとんどがオートフォーカスだし、シャッターを押すだけだからな」

「でも、プロのカメラマンだっているんですよね？　だったらどう違うんですか？」

不思議に思った潤に、襟元《えりもと》をチェックしていた八束が教えてくれた。

「誰にでもシャッターは切れるけど、どの構図を選んでどうファインダーに入れるかというのは、感性がものを言うんだ。プロカメラマンだからこその技術もあるらしいけどね。でも、その感性という部分だけで言うと、泰生が撮った写真は結構評判がよかったんだよ」

「えっ、そうなんですか」

泰生って本格的に写真を撮ってたんだ？

驚く潤に、泰生は何でもないことのようにファインダーを操作しながら話す。

「昔の話だ。自分が何をしたいかわからなかったから、色んなところに首を突っ込んで何でもやってみた。カメラもそのひとつってだけだ」

今日のカメラは借りものだけどな、と泰生が言うということは、以前はちゃんと泰生専用にカメラを持っていたのだろう。

それほど泰生にとってカメラは興味がある方面だったのかもしれない。

そういえば、以前泰生の父である幸謙《こうけん》からも似たような話を聞かせてもらったことがあった。モデルという今の仕事に行き着くまで、泰生は本気になれるものを探すように何にでも興味を持った、と。

思い出していると、泰生がいたって冷めた口調で言葉を継ぐ。

「それに評判が良かったって、そりゃおれのバックを見て言ったおべんちゃらだぜ。榎《えのき》家の坊っちゃんだからな、一応おれは」

そんな泰生に、八束が苦笑して潤と視線を合わせてくる。

「そうひねくれて取らなくてもいいのにね。実際泰生が撮った写真の評価は悪くなかったんだよ。でも、泰生としてはそれ以上に被写体になるほうに興味を持ったんだって」

「そりゃ、おれの方がもっとうまく見せられると思ったらじっとしてらんねぇだろ」

そこから、泰生は今のモデルの道へと進んだんだ……。

二人の話を聞いて、潤は感慨《かんがい》深い気持ちになる。

泰生がモデルに興味を持ち、そして世界へと出て行った原点に触れているのかもしれないと思うと、これから泰生に写真を撮られることが楽しみになってきた。


「――髪の色がずいぶん落ち着いたね」

メイクはしないけれど、少しいじりたいと言い出した八束によって、潤の髪にはコームが入れられている。簡単にだったら、八束もヘアメイクが出来るらしい。

八束のセリフを聞いて、潤は自らの前髪を見上げた。

祖母《そぼ》に言われて真っ黒に染《そ》めていた髪を、今少しずつ色を抜いている。ようやく最近わざとらしくない黒髪まで落ち着き、この後どうしようかと潤は少し悩んでいるところだった。

もう祖母に叱《しか》られることもないから地毛である栗《くり》色にまで戻してもいいのだけれど、潤にとってトラウマともいうべき母の面影《おもかげ》が、鏡を見るたびに映るようなことになるのは少し憂鬱《ゆううつ》だとも思うのだ。まだ、そこまで自分の容姿に自信が持てるわけでもない。

「前髪、もう少し切ってもいいいんじゃないかな」

ぼんやりそんなことを考えていると、すぐ間近から八束の優しい茶色の瞳が覗き込んでいた。

「こんなきれいな目を隠すなんてもったいないよ」

はっきりと好意が透けて見えるような八束のセリフに、潤は恥ずかしくて瞼《まぶた》を伏せた。

八束はいつもこうだ。泰生の友人だから類は友を呼ぶのか、泰生と一緒で危ういセリフで潤をどぎまぎさせる。赤面した潤を楽しげに見つめ、目を細めるところも泰生に似ていた。

「もっと、色んな潤くんを僕に見せて欲しいな」

長い指が前髪を何度も横へと撫でつけ、時に、指が潤の額《ひたい》をかすめていく。

きれいな指だった。関節からスッと長く伸びるそれは、しかし男の指でもある。その八束の指が潤の額をかすめるごとに自分の肌が温度を上げていく感じがして、潤はたまらずぎゅっと目を瞑《つぶ》った。

「――おいこら、そこ。なに口説いてんだよ」

そこにずいっと泰生が割り込んでくる。

「潤も、なに顔を赤くしてんだ」

黒瞳にじろりと睨まれ、思わず首を竦めた。が、深い森の香りに包まれたせいか、変などきどきがゆっくり収まってきて、潤はようやくホッとした。

そんな潤を見て、しかし八束は。

「あー、泰生ジャマ。まだ終わってないって」

面白くなさそうに唇を歪めると、手に持ったコームで邪険《じゃけん》に追い払おうとする。

「うっせ。単に潤に触りたいだけじゃねぇか、おまえは。何度も同じとこばっかいじって、わざとらしいんだよ」

「ははは、ばれたか」

八束の発言に驚いて顔を上げると、茶目っ気たっぷりの眼差しとぶつかった。そんな潤の視界が急に真っ暗になったのは、泰生の大きな手で塞《ふさ》がれたせいだ。

「八束」

威嚇《いかく》するように泰生の声が低くなった。

「このくらい、じゃれているようなものだろ？　君の普段のべたつきからすれば十分の一にもならないんじゃない。恋する男にも少しは役得《やくとく》が欲しいよ」

「役得なんてやらねぇよ。おれはいいんだよ、ベタベタしても。潤はおれのだし。しっかし、何が『恋する男』だよ。勝手に横恋慕《よこれんぼ》してるだけだろ、いい加減に諦《あきら》めろ」

「ふーん。自信たっぷり、というよりずいぶん傲慢《ごうまん》な態度だね。泰生って自分がふられる可能性なんてこれっぽっちも考えないんだから。それで、いつか足をすくわれても知らないよ?」

ようやく手が外されて視界が回復した潤の目前では、腕を組んでやけに挑発《ちょうはつ》的な八束が泰生に対峙《たいじ》していた。

「あるわけねぇよ」

泰生の顔に、不遜《ふそん》な笑顔が浮かぶ。したたるような甘さと切れるほどの鋭《するど》さが泰生の黒瞳を彩《いろど》り、泰生の華やかなオーラがゾクゾクするほどの色香を纏《まと》った。

「潤がおれ以外の人間を選ぶはずがない」

まさに傲慢なまでのセリフだった。自信に満ちあふれた力強い口調は、しかし潤の心までをも震わせていく。

そんな泰生に八束もつかの間見とれていたようで、我に返ったあと気まずげに視線をさまよわせている。が、潤のとろんとなった眼差しを見つけると降参したように肩を竦めた。

「あー。潤くんに関しては、ホント全戦全敗だ」

「そこで『潤に関しては』と限定するとこが、八束のすげぇとこだよな」

他はおれに勝つつもりでいるんだから、と泰生が苦笑している。今度は八束の顔に自信たっぷりの笑顔が浮かんでいた。

「ま、潤くんのこともそのうち、おいおいね……」

「ふざけんな。もういいから、さっさと仕事しろよ」

最初の泰生と八束のピリピリとした雰囲気におろおろしていた潤だけれど、もう笑ってど突きあっている二人に、ケンカするほど仲がよいという見本のような気がしてホッと息がもれた。

潤との間にはない繋がりも見えた気がして、そんな二人の関係がほんの少し羨《うらや》ましくなる。

いつか、自分も誰かとこんな友情関係が築ける日が来るかな。

「さ、いいよ。一度カメラの前に立ってみようか、それからもう一度手を入れようかな」

八束に促《うなが》され、潤は白い背景の前に立った。

「おーお、緊張してるな。潤のヤツ」

泰生がカメラマンで、ここは泰生のマンション。他にいるのは八束とスタッフの一人だけ。そんな特別な配慮だというのに、いざカメラの前に立つと潤はやはり緊張してしまう。

こわばったように突っ立ってしまう潤に、泰生が苦笑する。

「潤、こっち向けよ」

明るすぎるライトが、ひどく熱を発していた。

そのライトの向こうに、カメラを抱えた泰生がいた。ファインダーの下に見える大きめの唇は横いっぱいに楽しげに広がっている。

「Your name, please?」

いきなり泰生の口から出た英語での質問に、潤はとっさに固まってしまった。けれど、すぐに潤も英語で答える。

『橋本潤です』

と。

瞬時に、泰生から次の質問がまた英語で飛んだ。潤の自己紹介を促すものだ。

『年は十八歳、学生です。えっと、大学受験を控えています』

『他は？』

『他？　えっと、えっと——』

『趣味とか言っとけ』

『趣味？　あぁ、えーと……勉強？』

泰生とつたない英語で話しながらも、その間フラッシュは何度もたかれており、シャッター音らしき電子音も連続で聞こえてくる。

『勉強が趣味って何だよ。もっと他にあるだろ、最近はまってるものとか』

『はまってるものは、あっ、料理です』

『へぇ、潤くんって料理するんだ?』

泰生に合図をして撮影を中断させ、潤の服の微調整をしていた八束が、潤と泰生の英会話に加わってきた。

『得意料理って何? 今度僕にも食べさせて欲しいな、潤くんの作るものなら何でも美味《おい》しそうだ』

『よけいなこと言うなよ、八束。こいつに包丁を持ったり、コンロの前に立ったりする気を起こさせるな』

ライトの向こうにいた泰生が慌てたように声を上げる。その泰生のセリフに、潤は思わずムッとして唇を尖らせた。

『この前からどうしてそんなことばかり言うんですか、泰生はっ』

八束が傍に立ってまだスタイリング中だというのに、シャッター音が聞こえてくる。

カメラを向けられても、もう潤は怖いと思わない。心や体が竦む気持ちは生まれなかった。

それに、今はインターバルであるはずだ。変な顔をしていてもいいはずだと、潤は泰生をファインダー越しに見据《みす》える。

『泰生だって、美味しいって言ってくれたじゃないですか』

『そりゃ味はそこそこ美味《うま》かったけど、出来上がるまでのあの恐怖を思い出すと未だに胃が縮《ちぢ》む気がすんだよ』

『初心者なんですから、少しぐらい工程が危なっかしくても見て見ぬふりして下さい』

『あれが少しかよ』

呆れたように泰生の肩が上下している。

『やっぱり、潤くんの料理をご馳走《ちそう》になるのはもう少し後にさせてもらおうかな』

泰生との会話に耳を澄ませていた八束が、引きつったような笑みを浮かべて辞退《じたい》を申し出てくる。服の微調整を終えたのか、泰生の後ろへ戻っていく八束を、潤は呆然《ぼうぜん》と見送った。

『ほら、こっちに見ろよ。目線寄越《よこ》せ――』

泰生から指示が飛んで、潤は慌てて今が撮影中であることを思い出す。けれど、泰生が構えるファインダーを見つめる視線がじっとりしてしまうのは止められなかった。

『気分変えて、次の質問行くぞ――』

それでも泰生がこうして話しかけてくれるのは潤の緊張を解《ほぐ》すためだと気付くと、いつまでも機嫌を損《そこ》ねているわけにもいかない。英語での会話も潤に緊張を覚《おぼ》えさせるひまを与えないためだろう。

泰生や八束の流暢《りゅうちょう》な英語に比べると自分の稚拙《ちせつ》ぶりが明らかですごく恥ずかしくて、もっとうまくなりたいと、潤は切に思った。


「――よし。満足してはいないけど、今日はこれでいいか」

撮影は数時間もかかってしまった。

八束が持ち込んだ服が幾《いく》つかあったこともあるが、何よりカメラマン役の泰生がずいぶんのって撮影をしたせいだ。

泰生がようやくカメラを置いたから、潤も床に座り込む。

「終わったんだ……」

最初はただ泰生や八束と話をしているだけだったのに、潤が慣れてきたのを知ると、泰生は潤にモデルまがいのポージングを要求してきて困った。ポケットに手を入れるぐらいから始まって、ポージング指導が入るような難しいものまで。

『右足はもっと前に出せ、それじゃズボンに変なしわが寄る。あー、やりすぎだ、戻せ』

あの時、泰生はすごく真剣だったけど楽しそうでもあったな……。

思い出して、潤はクスリと笑ってしまった。

なかなかのスパルタぶりではあったが、泰生の仕事の分野で直接泰生から何かを教わるなんて今までなかったせいか、潤もとても楽しい時間だった。

時間が押してしまったのは、泰生のせいだけじゃない。潤のせいもきっとあるだろう。

「疲れたか」

ねぎらいの言葉と共にペットボトルを差し出されて、潤は顔を上げた。

「情けねぇ顔してんじゃねぇよ」

苦笑しているのは泰生だった。撮影中も見た、楽しげな眼差しで潤を見下ろしている。

こんな目をされるから、つい力が入ってしまうんだよね……。

はにかむようにぎゅっと唇を結ぶと、潤はペットボトルを受け取った。

「でも、あれで大丈夫なんですか、八束さんが仕事で使う写真としては」

泰生と一緒に潤は楽しんだけれど、だからこそ、少し気になってならないことがある。

八束の仕事上のフォトであるはずなのに、当の八束は撮影にほとんど口を挟《はさ》まなかった。撮影はほぼ泰生主導の下で進んでいったのだ。

何も知らない潤からしてみても、遊びの部分が多すぎる泰生の撮影は心配でならなかった。

「平気だって、潤が服着て動くのにインスピレーションがわくらしいからな。それに、おれが好きに撮ることも条件として上げてたから。それより、ほら、もっと前行けよ」

泰生の言葉にホッとしたのもつかの間、しゃべりながら泰生が潤の背後に回り、自らの脚《あし》の間に潤を挟むように一緒に座り込んできた。

「え、え？　泰生っ？」

思わず立ち上がろうとしたけれど、それを後ろから泰生が抱きしめるように止める。

「何やってんだ」

「何って、それはおれのセリフです。ちょっ…泰生」

まだ八束もスタッフもいるというのに、まるで二人きりであるかのように甘やかに抱きしめてくるのだから慌てずにはいられなかった。

けれど泰生はいたってのんびりと、潤の肩に顎《あご》をのせてくる。

「ほら、前見ろよ。カメラ、構えてんだろ」

言われて前を向くと、ずいぶん呆れた顔の八束がこちらにカメラを向けていたから息が止まりそうになった。

「八束さん!?」

「はいはい、お二人さん。視線こっちねー」

何ともやる気がなさそうに声を出す八束に、後ろの泰生が小さく舌打ちしている。

「間違ってもぼけた写真なんか撮るなよ」

「知らないよ。だいたい何が楽しくて、大好きな潤くんのイチャコラ写真をおれが撮らなきゃならないんだか」

「うっせ、黙ってシャッター切ればいいんだよ」

あまりのことに硬直《こうちょく》していた潤は、後ろから頬をすり寄せられて飛び上がりそうになった。

「ま、待って下さいっ。これって、いったい――」

「んー。おれと潤が一緒に映った写真がねぇなと思って、いい機会だからついでに撮っておこうかって思ったんだよ。突発に弱いな、相変わらず、おまえって」

喉で笑うような泰生のセリフだが、潤は全然笑えない。

「あー、潤くんはホント可愛いな。固まってても、お人形さんみたいに可愛い」

「おい、八束。まさかおまえ、潤ばかりアップで撮ってないだろうな」

「今は僕がカメラマンなんだから、僕が撮りたいものを撮っても構わないでしょ。潤くん、こっち見て。カメラこっちだよ」

名前を呼ばれて、思わず顔を上げる。と、カメラの下に見える八束の唇が満足そうににっこり笑うのを見た。が、背後の恋人の気配は、明らかに殺気《さっき》だつ。

「潤――」

「え、っ……」

　泰生の指が顎にかかったと思ったら、振り向かされるままに後ろからキスをされた。一瞬の出来事で、潤は避《さ》けようもなく。

「う……ぁ」

　呻《うめ》くような声が前方から聞こえて、ようやく我に返った。すぐに思いっきり泰生を突き飛ばすが、潤の唇の上には確かにキスの感触が残っている。

「し、信じられない。信じられない、信じられないっ」

　ぶるぶると震え、真っ赤な顔で泰生を睨みつけた。が、乱れた前髪をかき上げ、泰生は上機嫌でそんな視線を受け止める。今のキスを揶揄《やゆ》するように唇に赤い舌を滑らせてみせた。

「……っ」

「ごちそうさま」

　色香に当てられたように固まってしまった潤に婀娜っぽい眼差しでとどめを刺すと、泰生は勢いよく立ち上がった。

「今の撮れたか、八束」

　同じく凍りついている八束の元へと楽しげに歩み寄る。が、横からカメラを覗き込んで、慌てたように八束の手からカメラを取り上げた。

「おっまえ、なに画像消そうとしてんだよっ」

「あぁ、ごめん。何だか指が無意識に動いてた」

にっこり笑う八束の笑顔がやけに寒々しい。

きれいなのにひどく怖い雰囲気を漂《ただよ》わせる八束から潤は目を逸らす。それでなくても、恥ずかしくて八束と顔をあわせられなかった。

人前でキス――…。

考えただけで、ぼんっと音がする勢いでまた顔が赤くなった。

以前、ファッションショーの際にも同じくステージでキスをされたが、あの時は気分が高揚《こうよう》していたし、周りでもモデルやスタッフたちによるハグやらキスに近いような盛り上がりが見られたから、終わったあとも何となく平静でいられた。

でも、今はそうじゃない。

八束が身近な人だからこそ恥ずかしかった。しかも、それを写真に撮られるなんて。

立ち上がれない気がする……。

床に半ば倒れ込んだまま、潤は身動きも出来なかった。

「――服、そろそろ着替えてきてもらえますか」

けれど、そんな潤にクールな声がかけられた。こんな騒ぎの中、まったくの平常心で撤収《てっしゅう》作業を行っていたらしいスタッフだ。

泰生や八束もカメラを片手に未だに何やら揉めているのに、このスタッフだけは超然《ちょうぜん》としている。仕事も出来る。

かっこいい。こんなふうにおれもなりたい……。

「すみません、服を回収したいんですけど？」

「……はい」

けれど再び促され、潤はすごすごと立ち上がった。

潤の私室で着替えて戻ってきたとき、撮影機材や白い背景シートはすでに撤収されており、リビングはもう普段通りの空間に戻っていた。

さっきまでの賑《にぎ》やかさが嘘みたいだ……。

キッチンで泰生がコーヒーを入れているのか、いい香りが漂っていた。潤の着がえを回収したスタッフが両腕にあふれんばかりの荷物を抱えてエントランスへと消えていく。

「あぁ、潤くん。写真、見る？　まだ画像だけど」

リビングのテーブルにパソコンを広げていた八束が潤を見て手招きをした。さっきの醜態《しゅうたい》を思い出して、潤は思わず顔を赤らめてしまったけれど。

衝撃は薄れても、気持ちはなかなか復活できないよ……。

「キスの写真じゃないよ、ちゃんとしたフォト。泰生が撮ったヤツだよ」

そんな潤に、八束も苦笑している。

「ほら、かっこよく撮れてるでしょ。悔《くや》しいけど、泰生の写真ってほんとうまいんだよね。今日の場合、モデルが潤くんだから特に愛情を感じるな」

八束の言葉に、潤はパソコンを覗き込んだ。

どんな写真がうまいとか、潤にはわからないけれど、愛情を感じるというのはわかる気がする。自分の一番いい表情を撮ってくれている感じがした。

おれってこんな顔をして笑うのか。

初めて見る、楽しそうで幸せそうな自らの笑顔に、潤は恥ずかしくなった。今すぐにでもここから逃げ出したくなる。

「おーい、潤。手伝え」

だからキッチンから呼ぶ声に、潤はいそいそと立ち上がった。

「泰生、さっきは——」

「あー、案外カメラも楽しいよな」

さっきの人前でのキスはまだ許してないんだとばかりに泰生を見たのに、湯気《ゆげ》の上がったコーヒーカップを手渡してくる泰生は、もうそんなことなど覚えてもいないみたいだった。

「普段の潤も撮ってみたいし、今度ひとつ買ってみてもいいな」

楽しそうに同意を求めてくる泰生を見ると、ひとりだけこだわっているのがばからしくなる。

仕方ないか、泰生なんだから……。

「おれも、泰生を撮ってみたいです」

「そうか？　やっぱ買うか」

擽ったそうに目を細めたあと、泰生が持っていけとばかりに顎をしゃくった。冷蔵庫を開けているから、最近お気に入りのチョコレートを八束にサービスするつもりなのだろう。

何だかんだいって、八束のことは大切にしているのだから。

微笑ましいような、羨ましいような気持ちで、キッチンを後にする。潤もひと足先に八束にサービスすることにした。

「――サンキュ」

コーヒーを渡し、またパソコン画面を見ている八束の後ろに潤も座った。

恥ずかしいけれど、泰生が撮ったものだと思うと見てみたくもなるのだ。

「悔しいなぁ」

この睨むような顔をしているのは、泰生が料理のことを言及《げんきゅう》してきたときのものだ、なんておかしく思っていたら、隣で呟く声が聞こえた。

顔を上げると、八束が微苦笑していた。

「いや、泰生のことが本当に大好きだって写真から伝わってくるなぁってね。そんな君がとても好きだな、なんて思ってしまうことがほんと悔しいよ」

潤を見る眼差しに愛情がこもっているような気がして、いつもの冗談じゃなさそうな八束に、潤は慌てる。切《せつ》なげに歪む唇にも。

「あの、八束さん……」

「今日、潤くんと泰生が一緒にいるのを見て、二人が対《つい》であることがナチュラルに伝わってきた。泰生の隣にいる君はすごく自然体なんだね。そんな潤くんこそが好きだと思ってしまうなんて、報《むく》われないよね、僕も」

きれいな指が潤の目元を撫でていく。

好きって。報われないって。

顔が熱くなる。胸がやけにドキドキした。

いや、熱っぽい視線を向けられた上に、意味深なセリフを吐かれ、親しげなボディタッチなんてされたら、ドキドキするのも当たり前だ。

自分はおかしくなんかない。正常な反応だと必死で自分に言い聞かせる。

「人の恋人相手に、何盛り上がってんだよ」

そんな雰囲気を破ってくれたのはやはり泰生だ。

後ろから潤を抱きしめてくる泰生の腕に潤はホッとして体を委《ゆだ》ねた。それでも、どぎまぎしてしまったことが何となく後ろめたい。

「うん？　隙《すき》あらばアタックするのみだよ」

「いい加減に諦めろよ。八束に望みなんかこれっぽっちもないんだって。ったく、一度潤がどれだけおれにメロメロなのか、見せつけてやるか」

しれっと八束がこぼす言葉に泰生が呆れたようにため息をこぼしている。

「あ、潤くんとの行為に僕も交ぜてくれるってこと？　いいな、３Ｐ大歓迎だよ。可愛いだろうなぁ、潤くんのメロメロになった顔」

「は？　ざけんな、誰が交ぜるかっ」

潤の頭越しにまた始まった言い争いだが、潤は聞いたこともない単語に首を傾げる。

「３Ｐ？　３Ｐって何ですか」

何かの暗号だろうか。

潤の問いかけに、反応は真っ二つに割れた。

にっこり笑う八束に、怒りに顔を歪める泰生だ。

「今度実地で教えてあげるから、泰生にねだってみなよ。潤くんのお願いだったら万が一の可能性で泰生も聞いてくれるかもしれないし」

「誰が聞くかっ。んな言葉知らなくていいんだよ、潤は」

そう泰生は言ったものの、潤の無知を恐れたのか、言葉の意味を教えられたのはその夜のこと。しかし泰生に散々泣かされたあとでのことになるのだが、その時の潤は知るよしもなく、八束と二人だけで盛り上がる泰生に頰を膨《ふく》らませるのだった。

Fin.

あとがき

こんにちは。初めまして。青野ちなつです。

この度は『純白の恋愛革命』を手にとっていただき、ありがとうございます。

ありがたいことに恋愛革命シリーズの三巻目となります。大好きなキャラである潤と泰生の話をまた書けることが出来て、とても幸せでした！

あいかわらずのラブラブっぷりを見せつける二人ですが、今回の『恋愛革命』では家族の問題を取り上げてみました。ひと癖もふた癖もある家族相手に二人がどう立ち向かうか。潤も泰生もなかなか頑張っていますので、その辺りを楽しんでいただけたら嬉しいです。また、本編の他に二人の日常を描いた小話も入れてみましたので、ぜひお楽しみ下さい。

今回のお話では、自分の嗜好をこれでもかと取り入れています。少し前になりますが、電子書籍サイトのQ＆Aでもカミングアウトしたものです。

それはずばり、ラブシーンはベッド以外で！

どうも正統的なベッドでのラブシーンより、違った場所でのラブシーンを書いているときが萌える。ベッドよりソファの方が。ベッドよりお風呂の方が。ベッドより床のほうが。以前からそういう傾向があったのですが、ようやく最近気付いて受け入れ、楽になりました（笑）。

そう言うわけで、この本ではどんな場所で二人がイチャイチャしているのか。本文を読んだ方は「だからか」と納得していただき、まだの方は該当箇所で笑っていただければと思います。

イラストは香坂あきほ先生です。

香坂先生のイラストが見たくて、恋愛革命シリーズを書いていると言っても過言ではありません！　泰生の不遜な表情を見るたびに口元がニヤニヤします。潤の困った顔を見ると筆が踊ります。しかし最近、潤がかっこよくなった気がしてドキドキもしています。今回も美麗なイラストをありがとうございました。またどうぞよろしくお願いします！

今回、潤と一緒に考えたり泰生と共に笑ったり怒ったりしながら書き進め、「これは！」と（内心どや顔で）提出した初稿。担当女史からは「ぬるいです。足りません。〇〇はもっとけちょんけちょんにやっつけて下さい」なんてお言葉が。まだまだ担当女史のようにお仕置きの加減がわかる境地には至らないようです。精進します。今回も大変お世話になりました。

最後になりましたが、恋愛革命シリーズで三巻目が出せたのも、読者の皆さまの支えがあったからこそで、本当に感謝しています。これからもどうぞ応援よろしくお願いします。

また次の機会も皆さまにお会いできることを心より祈っております。

二〇一一年六月　青野ちなつ

初出一覧

純白の恋愛革命　　/書き下ろし
純白の日常　　/書き下ろし

B♥PRINCE
http://b-prince.com

B-PRINCE文庫をお買い上げいただきありがとうございます。
先生へのファンレターはこちらにお送りください。

〒162-0825
東京都新宿区神楽坂6-46　ローベル神楽坂ビル4階
リブレ出版(株)内　編集部

純白《じゅんぱく》の恋愛《れんあい》革命《かくめい》

発行　2011年8月8日　初版発行

著者｜青野ちなつ
©2011 Chinatsu Aono

発行者｜髙野 潔
出版企画・編集｜リブレ出版株式会社
発行所｜株式会社アスキー・メディアワークス
〒102-8584　東京都千代田区富士見1-8-19
☎03-5216-8377（編集）
発売元｜株式会社角川グループパブリッシング
〒102-8177　東京都千代田区富士見2-13-3
☎03-3238-8605（営業）
印刷･製本｜旭印刷株式会社

小社ホームページ　http://asciimw.jp/

Printed in Japan
ISBN978-4-04-870617-9 C0193